登場人物紹介
Characters
ジルベルト・ルーン・
サードニクス
サードニクス王国の王太子。
クローディアの婚約者。
無慈悲なクローディアと婚約破棄する。
クローディア・
フィオレローズ
所作も学問も完璧な公爵令嬢。
一切の感情を排したその性格は
「人形令嬢」と揶揄され嫌われる。

メアリ・スピネル
転生後のクローディアの
初めての友人。
大人しいが芯が強い。
アイシャ・コーラル
平民上がりの男爵令嬢。
王妃の座を狙い暗躍する。
リーラ・エル・
セレスタイト
隣国セレスタイトの我儘王女。
なぜかクローディアに付き纏う。
アラン・ヘリオドール
ジルベルトの護衛で乳兄弟。
チャラいが仕事はできる。
エマ
クローディアのメイド。
前世からずっと彼女の味方。
エイダン
リーラの護衛。幼なじみの
リーラをいつも心配している。

プロローグ

「クローディア。すまないが君との婚約はなかったことにしてもらいたい」

サードニクス王国立高等学園での卒業パーティ。

本来、皆が卒業を喜びあうはずの華やかなこの場で、隣に可愛らしい薄ピンクの髪の少女を連れた彼――つまり、わたくしの婚約者であるはずのジルベルト殿下はそう告げた。

「理由をお聞きしてよろしいでしょうか」

わたくしには分からない。殿下が何故婚約を破棄しようとなさっているのか。

政略結婚なのは分かっていた。わたくしと殿下との間に「愛」なるものがないことも。

「君には感情を欠片も感じられない。全てを完璧に淡々とこなすだけの人形のようだ」

人形。何度その言葉を投げかけられただろうか。

「失礼ながら殿下、わたくしは王太子妃になるべく、婚約が決まったあの日から、全ての分野において努力を重ねてきました。自信過剰に感じられるかもしれませんが、わたくし以外に王太子妃の座が務まる方がいらっしゃるのでしょうか」

殿下は少し黙った。が、意を決したように語り出した。

「王太子妃は、後に王妃となる者だ。そして王妃には、国民に寄り添う『心』が必要だ。……君に心はあるのか？」

――心……

「君がさまざまな分野に秀でているのは知っている。君は美しく、学問においても作法においても、誰にも負けることがない。だが、心がないのだ。君は民に寄り添えるのか？『心』なき人形のような君には政を任せられないと思う。それなら能力は君に劣るが、民を思いやれる優しい心を持つこのアイシャ嬢のほうが、この国を支えるものとしてふさわしい」

アイシャ様――確か数年前に子爵家の庶子であることが分かり、平民から子爵令嬢になった方だったはず。わたくしに劣るも何も、勝負にならないほど乱雑な作法。顔は確かに整ってはいる。薄ピンクのふんわりとした髪を肩まで伸ばし、濃いピンク色の透き通るような瞳をうるうるとさせ、庇護欲を煽るような仕草。しかし胸元を大きく開けたドレスはこの場にふさわしくない。まるで娼婦のようだ。はしたない。

「異性を誑かすことにおいては非常に秀でていらっしゃる方とお見受けしました」

感じたことを正直に言った。

「……なんだと？」

「確かにその方なら、隣国の男性王族をも手玉に取れそうですわ」

「クローディア、何を言っている。アイシャ嬢を侮辱しているのか？　君はいつもそうだ。他人を見下し、冷酷で愛想がない。そんな君を王太子妃にするところだったなんて、我が国の恥だな」

何故殿下は怒っていらっしゃるのでしょうか。わたくしは人を見下したことなんてないはず。公爵令嬢として、後の王太子妃として、作法がなっていない方に伝えるべきことを正直に、効率良く最低限の文字数でお伝えしてきた。

これのどこがいけないことなのだろうか？　王国貴族として当然のことばかりだったはず。

「ジルベルト様ぁ、クローディア様はいつも私を見下していじめてくるのですぅ。私、怖くて……」

ほら、また。

「アイシャ様、そのように締まりのない口調で話すのはおやめください。本当に下品ですわ」

「クローディア、もういい。君には失望した。とにかくこの婚約は破棄だ。反論は認めない」

「はい殿下。それが命令ならば承りました。それでは失礼いたします、皆様、ごきげんよう」

わたくしは一臣民。国の意向であるならば、そのご命令に逆らう理由はありません。

「本当に、私と君は書類上の関係でしかなかったのだな……」

踵を返した私の耳に、ジルベルト殿下が呟いた小さな言葉が届く。

その意味は、わたくしには分からなかった。

馬車に揺られ、公爵邸へ進む帰路。道の脇には春の可愛らしい花々が咲き乱れている。

「お嬢様、とても綺麗な花ですね！」

明るくわたくしに話しかけるのはメイドのエマだ。親からでさえ人形、可愛げがないなどと散々な言われようのわたくしに、何故かいつも積極的に話しかけてくる。

「ええ、そうね」

花の美しさは分からないが、とりあえずそれらしい返答をしておく。

「御者さーん！　ちょっと馬車止めてもらえますか？」

エマは軽やかに馬車から降り、一分ほどで戻ってきた。その手には小さな花束が握られている。

「お嬢様ー！　見てください！」

そして一本の花を私の髪に挿した。

「やはりお嬢様はお花が似合いますね！　本当に女神様みたい！　私のお嬢様は天使だわっ！」

手元に視線を移す。赤、ピンク、オレンジ、黄。さまざまな色の花がある。そう、花が。

「わたくしの手の中には色のついた花というものがある」

わたくしはそれしか感じない。

……これをどう見ると綺麗だと思えるのかしら？　綺麗とはなんだろう――

「……ぉ……さま、お嬢様」

ふと、エマのほうに顔を向ける。どうやら「綺麗」について考えることに集中しすぎていたようだ。

「お嬢様、大丈夫ですか？　やはり婚約破棄はされないほうがよかったのでは……」

物思いにふけっていた私の様子を落ち込んでいると取ったのか、エマはそう尋ねた。

「いいえ、殿下は婚約を破棄するとおっしゃったわ。わたくしは王国の貴族であり一令嬢。選択権は元からないの。殿下が破棄する、とおっしゃったのだから、婚約は破棄されたのよ」

「お嬢様はそれでいいのですか!?　お嬢様は変わられました。殿下との婚約を受け入れてからずっと厳しい妃教育に耐えて……未来の王妃として、自分を押し殺して生きてこられました。昔のお嬢様ならもっと……っ、いえ、もっとわがままを言ってもいいのです！」

エマは……励ましてくれているのだろうか。それとも慰めてくれているのかしら。でもどうして怒っているのでしょう……分からない。

「エマ、慰めてくれてありがとう。でもいいのよ。命令だもの」

「お嬢様！　私はっ……」

「公爵邸に到着いたしました」

御者の声がした。もう公爵邸に着いたようだ。

「エマ、夕食の用意をしてくれるかしら」

「……はい。かしこまりました」

目を伏せたエマの呟くような言葉は、夕日が沈むと同時に消えていった。


公爵邸に着くと、お父様がわたくしを待っていた。本邸のほうに帰ってこられるのは珍しい。いつもは仕事だなんだと言って別邸や王宮で寝泊まりされているから。

「ただいま帰りました、お父様」

「おかえりクローディア。……殿下に婚約を破棄されたようだな」

貴族間の情報の伝わり方の速さは尋常ではない。わたくしは婚約破棄されてそのまますぐに帰ってきたというのに。

「ええ、殿下が破棄するとおっしゃったので」

「……そうか」

お父様はどちらかというと無口なほうだ。昔はよく喋ってくれていたのに。

……昔？　何故かは分からないが違和感がある。昔っていつ？　確か……あれ？　思い出せない。

まるで記憶がところどころすっぽりとなくなっているようだ。掴めそうで掴めないもどかしさにイライラする。

「……で、明日、王宮に正式な書類にサインしに行く。分かったな」

「はい」

別のことをとりとめもなく考えていたせいでお父様の話をほとんど聞いていなかったが、明日は婚約破棄の書類にサインしに行くようだ。

今日はなんだか体がだるい。きっと疲れたのだ。いつもの行動パターンと違ったから。

明日は朝一番から王宮、早く寝ないといけない。


遠くで鳥の鳴く声が聞こえる爽やかな朝。王宮に着いたわたくしは、国王陛下と話すため先に屋敷を出たお父様のもとへ歩みを進めていた。

「見て、クローディア公爵令嬢よ」

「あら、本当。すごくお綺麗な方ね」

「でも見て、表情が全くないわ。人形という噂は本当ですのね」

「愛想がないからお優しい殿下にさえ見捨てられるのよ」

「お前、クローディア嬢と付き合いたかったんじゃなかったっけ？」

「冗談だろ、俺の好みは可愛らしくて優しい人なんだよ。誰が好んであんな奴と……」

「こらっ！　聞こえるだろ」

クスクスという笑い声とともに、あちこちでわたくしのことを噂する声が聞こえる。

無視して歩いていると、背後から「クローディアさまぁ、おはよぅございますぅ」という声がした。

……このまとわりつくような喋り方。アイシャ様ね。

「アイシャ様、ごきげんよう。本日はどうして王宮に？」

「えぇー、やだなぁ、私はぁ、王太子妃になるのよぉ？　王宮に住んでぇ、当たり前だと思わないですかぁ？」

元婚約者のわたくしは、王宮には住んでいなかった。婚約者とはいえ、未婚の女性が男性の家に住むというのは貴族社会ではありえないこと。

「アイシャ様はジルベルト殿下の婚約者になられたのですか？　わたくしはまだ書類にサインしていないので、書類上はわたくしが婚約者のはずですが」

「そうですねぇ、今日が婚約者最後の日ですものねぇ、せいぜい楽しんでくださいねぇ」

「では失礼します」

この場を去ろうとすると、アイシャ様が畳みかけてきた。

「ちょっと待ってくださぁい、クローディアさまぁ」

「……まだ何か」

正直嫌な予感しかしない。

「わたしぃ、将来私の臣下になるクローディアさまとぉ、お茶したいなぁーって思ってぇ。今日の午後いいですよねぇ？」

臣下。子爵令嬢が我が国の筆頭公爵家――フィオレローズ家の令嬢に何を言っているのかしら。

「あっ！　ジルベルトさまぁー！」

ふっと振り返ると、ジルベルト殿下がわたくしの後ろに立っていらした。

「わたしぃ、今日クローディアさまとぉ、お茶することになったんですぅ」

「アイシャ様。それは……」

「そうか、クローディア、アイシャと仲良くしてやってくれ」

「殿下、それは命令ですか？」

「何がだ？」

「わたくしがアイシャ様とお茶会をし、仲良くなれ、というのは命令でしょうか」

「そんなぁ、私はただクローディアさまとぉ、仲良くなりたいだけなんですぅ。命令されないとやってくれないなんて言わないでくださぃ」

この方と二人きりでお茶するなんて、どう考えても嫌な予感しかしない。命令でない限り、わたくしに拒否権は存在する。というか、今はまだ彼女は子爵令嬢。公爵令嬢にお願いをして突っぱねられたとしても当然の立場なのだ。

「アイシャ様とお茶をするなんて、我がフィオレローズ家の品位を疑われかねないですわ。わたくしはお断りさせていただきます」

キッパリと断った。が、しかし……

「そんなに言うのなら、君がアイシャ嬢にマナーを教えてやってくれ。今日のお茶で」

これはつまり、誘いを受けろ、という命令だ。

「……かしこまりました」

そう返事をすると、アイシャ様は一瞬ニヤッとした笑みを浮かべたが、「ありがとうございますぅ」と言い、去っていった。


コツコツと二人の靴の音だけがする。向かう先はもちろん国王陛下の執務室だ。

これから正式にわたくしとジルベルト殿下は婚約破棄する。

「クローディア」

「なんでしょうか、殿下」

「君は、私のことをどう思っていたんだ」

……なんでしょう、突然。

でも、わたくしの答えは決まっている。

「殿下はご聡明でお優しく、将来我が国の国王となるにふさわしい方だと思っております」

「そのお優しい殿下は君との婚約を破棄したわけだが？」

「それが我が国のためと思い至った結論であるならば、わたくしは従います」

そもそもこの婚約は政略結婚だ。お互いに思い入れなどないのが普通であり、あるほうが珍しい。

「王太子ジルベルトとしての評価は分かった。もうひとつ、聞いてもいいか」

「はい」

「君は……私を一人の男としてどう思っていた」

……質問の意味が分からない。殿下は一体わたくしにどんな返答を期待しているのだろうか。先ほどの質問となんら違いがあるように思えない。

「殿下は殿下。わたくしの政略結婚のお相手でした。それ以上でもそれ以下でもありません」

これが事実。男として、の意味は分からないが、私が殿下に対して抱いていた印象はそれだけだ。

しかし左側にいらっしゃる殿下の顔は、何故かは分からないが、心なしか残念そうに見える。

「……そうか」

殿下がそう呟く。わたくしたちはそれ以上は何も話さず、執務室へ向かった。

◇◆◇

ついに来てしまった。アイシャ様とのお茶の時間だ。

先ほど無事に殿下との婚約は破棄されたが、次期王太子妃ではなくなっても、わたくしは公爵令嬢のまま。次期王太子妃のアイシャ様にはこの際しっかりとマナーを身につけていただかなければ。

「失礼いたします」

「クローディアさまぁ？　来てくれたのですね！　どうぞ中へ入ってくださぁい」

そう言われたので中に入る。だが、わたくしはこの方と仲良くしに来たのではない。殿下の命令でこの方のふざけきったマナーを矯正しに来たのだ。

「アイシャ様、前も言いましたが、そのだらしない口調をおやめください。次期王太子妃がそんなことで、この国はどうなるのでしょうか。本当に心配ですわ」

殿下の決定なので何か理由があるのだろうが、正直何故この方が次期王太子妃に選ばれたのか理解できない。殿下はわたくしに対しては常に社交辞令と接待スマイルしか向けなかったが、アイシャ様にはニコニコとした素の笑顔を見せていた。お互い想い合っているならば、多少贔屓目で見てしまうのも仕方ない。しかし、それを差し引いてもアイシャ様の態度は酷すぎる。

「クローディアさまったらぁ、今は私たち二人だけなんだからもっとリラックスしてくださいよぉ」

正確にはメイドが数人いるのだが。

「アイシャ様、勘違いされては困るのですが。わたくしはアイシャ様と仲良くお茶をしに来たわけではありません。殿下の命令であなたのマナーを正すためにここにいるのです」

「チッ」

今何か聞こえたような……？

「ご、ごめんなさい……クローディア様」

まぁ、分かってもらえればそれでいい。そして、なんだかんだお茶会が始まった——はずだった。

「私、お茶の淹れ方が分からなくて……見本に淹れてくれませんかぁ?」そう言われ、仕方なくわたくしが淹れた紅茶をアイシャ様が飲んだ瞬間、彼女はもがき苦しみ、倒れたのだ。

毒だ、そう思ってからは早かった。わたくしはすぐにメイドに医者を呼ぶように伝えた。

王宮のセキュリティは完璧なはずだ。毒なんて仕込む隙はなかったはず……誰が、なんのために。

わたくしはアイシャ様が倒れた後、すぐにエマを公爵邸に送った。公爵家に事件を報告するためだ。エマはお茶会の場にいた。事実を事細かに話せるだろう。

「おまかせください!」

エマはわたくしにそう告げると、足早に公爵邸に向かった。

「とりあえず事情聴取はここまでだ」

王宮での事情聴取を終えたわたくしは、この騒動の真相を探るため、足早に公爵邸へと急いだ。

エマにも詳しく話を聞かなければならない。一体誰が、何の目的でアイシャ様に毒を盛ったのか。

「今帰ったわ! エマ! エマはどこ!」

わたくしは声を荒らげてエマを呼んだ。

返事がない。いつもならすぐに返事をして私のもとに駆けてくるはず。

どこを探してもエマはいなかった。他の使用人に聞いても、エマは帰ってきていないと言うのだ。――まさか。エマに限ってそんなことはあるはずない。そんなことは……

わたくしはすぐに馬車を出し、エマが通ったと思われる道をたどる。

馬車で走り出して数分。わたくしは眼下に見える湖に違和感を覚え、馬車を降りた。

月の光がキラキラと反射する湖の岸に、まるで捨てられたかのように血みどろの何かが横たわっている。さらに近づくと顔が見えた。その顔は――

「……エマ？　……エマ!?」

わたくしはエマに駆け寄った。幼い頃から共にいたエマだ。間違えようがなかった。だが信じたくなかった。これはエマではない、と思いたかった。

「エマ！　エマ!!」

抱き起こし、揺すっても返事はない。

視界が歪んでくる。

わたくしは人形と言われる令嬢。感情なんてないはずなのに。一筋の雫が頬を伝う。

その時、エマの指先がぴくりと動いた。

「エマ!?」

ゆっくりと目が開く。が、焦点が合っていない。瞳に宿る光は、今すぐにでも消えてしまいそうなほど小さく揺らいでいた。

「……お……じょうさま？」

「エマ……待っていて！　今すぐ医師を！」

踵を返そうとしたわたくしのドレスの裾がツン、と引っ張られた。

エマが血だらけの手で裾を握り、ふるふると首を横に振っていた。

「大丈夫よエマ。わたくしがそんな傷、きっと治してみせるわ。だから！」

「おじょ……さま」

エマが掠れた声で呟く。

「な……に？」

「お嬢様がお泣きになられたのは……いつぶりでしょうか」

わたくしは、ないているのか？

わたくしが泣いたのは……これが最初のはずだ。だって感情のない「人形令嬢」なのだから。

「お嬢様は、昔は笑顔溢れるお方でした……。奥方様や旦那様に愛された……天使のような……」

お母様……お母様はわたくしの記憶にはない。わたくしが六歳になる頃に病気で亡くなってしまったという。六歳になるまで共にいながら、一欠片もお母様のことを覚えていないわたくしはやはり、しょせんは人形令嬢なのだろう。

「奥方様が亡くなられてから……お嬢様は感情と記憶の全てを心の奥底に閉じ込めてしまわれた……まるで全て……なかったかのように……」

エマが語っているのは、わたくしの過去なのだろうか。本当に何ひとつとして覚えていない。まるで他の誰かの話を聞いているようだ。

「それでも……私は信じておりました……いつか……お嬢様が……また……昔のように……笑ったり……泣いたり……わがままを言って……周りの人たちを困らせたり……」

頭が混乱し始める。わたくしは……わたくしが分からない。何か……何か大切なものを忘れているような気がする。

ふと、エマがわたくしの頬に手を伸ばし、優しく撫でた。そのままとめどなく溢れる雫を拭う。

「お嬢様は決して……人形などではありません。お嬢様は……とても……とても優しすぎるのです。優しすぎるが故に……ゴホッ！　ゴホ!!」

「エマッ！」

「お嬢様……私は……お嬢様のお側にいられて……大変幸せでした……」

そう笑顔で呟いた後、エマの体から力が抜け、アクアマリンのような瞳から光が消えた。

「……エマ？　ねぇ、嘘よね？」

ポロポロと涙がこぼれ落ちる。

エマ……皆が避けていた人形のようなわたくしに声をかけてくれた。いつでも明るくて、いつでも私を信じてくれる、姉のような存在だった。

月の光が輝く美しい夜の湖に、エマの亡骸と共に、わたくしの涙と叫びが消えていった。


エマが死んでから数日後。アイシャ様が目覚めたという知らせと共に、わたくしの耳に信じられない噂が飛び込んできた。

――クローディア・フィオレローズ公爵令嬢は婚約破棄されて嫉妬に狂い、アイシャ・コーラル子爵令嬢を毒殺しようとした。それに失敗したため、お茶会の場にいた公爵家のメイドと王宮のメイドを殺した――

一体どうしてそうなったのか。わたくしは何もしていない。彼女にティーポットを渡され、いつも通りの手順で紅茶を入れた。何がいけなかったのだろうか。

わたくしは抵抗する間もなく地下牢に入れられた。もちろん無実を訴えた。が、わたくしのティーカップには毒が入っていなかったことや、わたくしのアイシャ様に対する態度が酷かったとメイドたちが証言したことなどから、あっという間に事実とは異なるシナリオが作られていった。

わたくしが嫉妬に狂う？　わたくしは殿下に恋心すら抱いていない。恋とは何なのかさえ分からないくらいだ。それでも日頃からわたくしや公爵家に良い印象を持っていなかった貴族たちが、今を好機と言わんばかりにジリジリと追い詰めてくる。

地下牢で一人、わたくしは考える。

あの場にいたメイドは全員何者かに殺されたという。メイドは、わたくしがアイシャ様のことを気に入らない様子だった、と城の関係者に告げた後、殺されたのだ。

何故殺されたのか。それは十中八九、あのお茶会の場にいたから。何か犯人に都合の悪いことがあったから。その中の一人にエマがいた。

わたくしがお茶会に行かなかったらエマは死ななかったかもしれない。わたくしのせいで……いや、今はそんな弱気なことを考えている暇はない。ここを出ることを考えなければ……

「クローディア・フィオレローズ。出ろ」

わたくしは何かを言う間もなく、兵士に鎖を引っ張られ、外に連れ出された。

あぁ……久しぶりの太陽の光。こんなに眩しかったのね。どこへ向かっているのだろう？　こんなボロボロの簡素なドレスに裸足で。

長い、長い石畳の道を裸足で歩くうちに、わたくしの足は血だらけになった。

そして気づけば――処刑台の上にいた。玉座には国王、王妃、その隣には久々に見たジルベルト殿下。そして、毒から回復したアイシャ様が、それはそれは素敵な笑顔で私を見ていた。

「罪状を読み上げる！」

……罪状？　罪状とは罪の実状。わたくしは罪など何一つ犯してはいない。

「クローディア・フィオレローズ公爵令嬢は、ジルベルト殿下に婚約破棄を命じられたにもかかわらず、それを受け入れず、嫉妬に狂い、アイシャ・コーラル子爵令嬢の毒殺を試みた！　さらに、それに失敗し、証拠隠滅のためにメイドたちを殺害した！　これは許されざる罪である！　よってクローディア・フィオレローズを公爵家から除名し、斬首刑に処する！」

斬、首……？

「何か言い残すことはあるか」

「言い残す？　わたくしはそもそも罪など犯していないのです。これは再審の余地があります。ろくな尋問もなくわたくしを犯人と決めつけて処刑するのは、明らかに道理に反します」

「はっ……何をふざけたことを言っている。紅茶に毒が入っていたのはアイシャ嬢のカップだけだ。これはアイシャ嬢を狙った犯行と言い切るにふさわしい。そしてアイシャ嬢を殺害する動機があるのもクローディア嬢だけだ」

なるほど。この文官もアイシャ様の味方なのだ。

「メイドたちに見られたからといって殺害するなど冷酷極まりない。さすが人形令嬢と言われるだけのことはあるな」

下卑た笑みを浮かべる文官。もう取りつく島もない。わたくしの処刑は覆ることのない確定事項のようだ。

「あのぉ、私、クローディアさまとぉ、最後のお話をしたいのですがぁ」

……アイシャ様？　何を言っているのだろうか？　わたくしには話すことなんて何一つない。

「ええ、次期王太子妃様のお望みのままに。おい、最後にお話できる相手が慈悲深きアイシャ嬢だということに感謝するんだな、罪人」

先ほどから罪人罪人と、うるさいですわ。わたくしは罪など犯していないのだから。

アイシャ様はニコニコしながらわたくしのところへ来ると、誰にも聞こえないような声で言った。

「ありがとうございますぅ、クローディア様。あなたのおかげで無事に殿下との婚約が決定いたしましたぁ。まさか処刑されることになるなんて私も想像してなかったですぅ。せめて国外追放あたりだと思ってたのですが……人形令嬢に世間の風当たりは強かったみたいですねぇ」

今、なんて言った？

まるでアイシャ様のためにわたくしが罪人になるような言い方に違和感を覚える。

「ココだけの話ぃ、毒は私が自分で飲んだんですぅ！　殿下、まだあなたに未練があったみたいなのでしかたなくぅ？　あなたを悪人に仕立てないと殿下が振り向いてくれなくてぇ。メイドたちに見られていたのは想定外でぇー、脅して偽の証言をもらったあと死んでもらいましたぁ！」

死んでもらいました？　この女が殺したのか。エマを。私を陥れるために。この女が殿下と婚約したい、ただそのためだけにエマは死んだのか。たった……それだけのために。

私の中で何かがふつふつと膨れ上がる。これは「怒り」というものだろうか。

「あなたは礼儀に欠ける不真面目で幼稚などうしようもない方だと思ってはいましたが……それだけでなく、本当に相当なクズでいらっしゃるのね！」

思わず大きな声で言ってしまった。

「きゃあっ！　クローディアさまぁ、怖い！」

辺りがザワつく。しまった、これも彼女の計算のうちだった。重罪人に慈悲を与えたが、強い言葉ではねつけられた被害者。わたくしは次期王太子妃の慈悲すら受け取らない自分勝手な女と認識された。

「殺せ！　殺してしまえ！」

そんな声が辺りから聞こえる。

「もう終わりだ。貴様のほうこそ、とんだクズのようだな」

そう言われ、無理やり処刑台に横たえられる。

わたくしの努力はなんだったのだろうか。

わたくしの人生はなんだったのだろうか。

こんなことのために努力してきたのか。国のためと教えられ、いつの間にか感情なんて消え去り、人形と呼ばれるようになったわたくしはゴミのように利用され、捨てられるのだ。

銀色の刃が迫ってくる――

第一章

体が重い。頭が痛い。わたくしは……そうだ、アイシャ様に嵌められて……

重い瞼をゆっくりと開ける。霞んだ視界の先にふわりと金色の髪が見える。

……似ている。殿下の髪色に……

段々と視界が鮮明になってゆくにつれ、朦朧としていた意識が一瞬にして覚醒した。

「クローディア……？」

――……殿下！

ガバッと起き上がり、辺りを見渡す。見覚えのある部屋。見覚えがあるというより、見間違いようのない場所。

……わたくしの、部屋？　わたくしは、生きているの？　いや、でも先ほど確かに……

そこまで考えたところで身の毛がよだつような感覚が襲う。殺された。わたくしは……殺されたのだ。重い刃が首を潰すかのように、わざと苦しみを与えながら死ぬように作られた処刑台で。

はっと首に手をやる。

傷が……ない？

そんなはずはない。確かに首は……

首を落とされた時点で助かりようもなかった。なら、この状況は？　混乱と、生々しく残っている首を落とされた感覚に体が震える。

さっと殿下のほうに目を移す。目の前にいるのは間違いなくジルベルト殿下だ。細く柔らかな金糸のような髪に、透き通る海に穏やかな森を足したような柔らかなエメラルドブルーの瞳。髪の一部が薄く空色味を帯びた白色に変色しているのは、王族のみに受け継がれるという象徴。

「クローディア、よかった。目を覚ましたんだね」

ここでもうひとつの疑問にぶつかる。

――何故殿下が私の部屋に？

「あの……殿下、どうして私の部屋に……？」

首を傾げながら殿下に問う。

「クローディア、覚えていないのか？」

「――何がですか？」

「君は倒れたんだ」

倒れたもなにも……首を見事に斬られたのだ。そもそも生きているはずがない。

「学園の始業式の後にね」

頭が真っ白になる。――始業式？　学園？　わたくしはそんなものとっくに……

「殿下……失礼ですが……わたくしは……何者ですか？」

「君は、自分が何者か分からないのか？」

殿下はエメラルドブルーの瞳を揺らしながら問いかける。わたくしは……

「……クローディア・フィオレローズです。王国筆頭公爵家のフィオレローズ家の娘で……ジルベルト殿下の……」

——殿下の、婚約者。

もうわたくしはそう名乗っていい立場ではない。

「……『元』婚約者です」

元。そう名乗っていいのかすら分からないが、それでも何者か、と聞かれればこう答えるしかない。殿下は怒るだろうか。不敬だと、無礼だと罵るだろうか。約十年を共にしながら、こんな時彼がどんな反応をするか、想像もつかない。わたくしはしょせん形式だけの婚約者。全てを完璧にこなしながら、「人」に何ひとつ興味を持たない、中身のない人形。

「君は……」

ショックを受けたような顔をする殿下。あぁ……やはり。殿下の愛しのアイシャ様を殺害しようとした人間に婚約者と言われるのは気に触ったのだろう。たとえそれが「元」だとしても。

「……申し訳ありません、殿下」

「君は何を言っているんだ？」

殿下がわたくしのベッドに腰掛ける。そしてどういうわけか髪を撫で始めた。

「クローディア、君はまだ本調子ではないのだろう。一つ伝えておく。君は『元』などではなく、現在進行形で私の婚約者だ」

「殿下こそ何を……？　あなたはわたくしに婚約破棄を言い渡して、その後……その……あと……」

そう言いかけてまたあの感覚が蘇り、首元に手を当て、反射的に自分の体をギュッと抱く。

ふと視線を部屋の隅に移す。

――うそ。

そこには確かにいた。見間違えるはずもない――エマが。

「エ……マ？　あなた生きていたの⁉」

わたくしがそう言うと、エマはアクアマリンの瞳に困惑の色を濃く浮かべる。

「お嬢様、どうなさったのですか？」

――何かが……おかしい。言葉にできない、「何か」が。

混乱するわたくしに、殿下は小さな子供をあやすようによしよしと言いながら微笑んだ。

「クローディア、大丈夫だ。君は頑張りすぎだ。無理が祟ったのだろう。長居して悪かったね。今日はここでお暇するよ」

「……はい」

殿下が部屋を出ると、エマが近づいてきてそっとわたくしの額に手を当てた。

「お嬢様、まだ熱があるようですね……。ここ一週間の予定は全て殿下のご指示でキャンセルいたしました。今は、ご自身のお体の心配をなさってください」

全ての物事に対する理解が追いつかない。一人で考えたいこともある。エマにありがとうと言った後、一人で休みたいからと、少しの間部屋から出てもらうように告げた。

——とにかくこの状況の把握が最優先ね。

殿下が帰ってから一時間。わたくしはこの状況を整理するために机に向かっていた。

おかしな点は三つある。

一、エマが生きていること。

二、殿下とわたくしが婚約関係にあるということ。

三、今が恐らく学園の第二学年の始業式の時期であるということ。

——エマはあの時確かに死んでいた。あの傷は致命傷だった。どんな奇跡が起こったとしても、あの状態のエマが無傷で回復することなんてありえない。

そしてわたくしが殿下の婚約者であることは、殿下の反応からも明らかだった。先ほどの殿下はわたくしが説明したことに困惑の色を露わにしていた。

一番の問題は、今が学園の第二学年の始業式の時期であることだ。殿下は確かにわたくしが始業式で倒れたとおっしゃった。アイシャ様が学園に転入してきたのは第三学年の始業式。でも、今のわたくしの部屋には第二学年までの教科書しかなかった。今が第二学年の始業式の時期である可能性は否定できない。

ひとつの仮説が頭に浮かぶ。

わたくしは、時を遡った……？

そんなこと本当にありえるのかしら……？　いいえ、確かにわたくしはあの時に死んだ。ということは……

「逆行転生……？」

逆行転生。庶民の感覚を知りなさい、と、昔庶民向けの小説をいくつか読まされた時にそんな単語があった。死んだと思ったら昔の自分に生まれ変わっていた、という話だ。信じがたいが、今自分に起きていることには共通点が多い。

「エマ」

部屋の外に待機していたエマを呼ぶ。

「はい、お嬢様。どうなさいましたか？」

「エマ、可笑しなことを聞くかもしれないけれど……あなた、今いくつ？」

「私ですか？　今年で十八ですよ？」

——!!

やはり。これで確信した。エマが殺されたのは彼女が二十歳の時。

受け入れたくない。非常に受け入れたくないが、どうやらわたくしは本当にしてしまったようだ。逆行転生とやらを。

でも、突然「わたくしは前世で殺されました。しかし生まれ変わってまた人生をやり直しているのです」なんて言っても誰が信じるだろうか。「人形令嬢、ついに狂った」なんて新聞の見出しになってもおかしくない。

それに、やり直しの人生でできそうなこともない。わたくし個人としては、前回の人生の問題点が思いつかないのだ。わたくしは謙遜なしでかなり真面目に気高く振舞ってきたはずだ。かつて読んだ小説では、転生した主人公は前世でヒロインを虐めていたり、性格が悪かったり、太っていたりと、改善点が非常に多かった。だがわたくしには改めるところが何もない。

結論。――何もできない。

それならばいっそのこと、アイシャ様に殺されるまでの二年間、未練なんてないほど充実した人生を送り、そして死のう。さすがに今回は、斬首は遠慮したい。いわゆる安楽死でお願いしよう。

そこで問題点がひとつ。

わたくしは平和に、自由に生きたい。しかしそれを大いに邪魔する存在、というか立場がある。殿下の「婚約者」――この肩書きがある限り、わたくしには基本的に自由がない。それどころか、殿下の婚約者であることを妬まれて周囲に足を引っ張られ続けた。

前世では特に何も考えず、妃修業を言われるがままにこなしていたが、その結果得たものは何ひとつなかったうえに命を取られた。ハイリスクローリターンだ。こんなことをしていてはわたくしの残された二年間が全て無駄になってしまう。それは嫌だ。

そして知りたいことがもうひとつ。それはわたくしの「過去」だ。前世でエマが最期に少し語ってくれたようなことは、今でも何も思い出せない。やはりどう考えても、六歳以前の記憶が何ひとつとしてないのはおかしい。きっと何かあったのだ。わたくしの知りえない何かが。

やはり殿下との婚約破棄が重要だ。わたくしが自由に動くために。

「エマ、紙とペンを」

思い立ったが吉日だ。殿下に婚約破棄を申し出る手紙を書こう。普通ならお父様に相談すべきだが、基本公爵邸に帰ってこないお父様に相談なんてする時間はない。殿下に送る手紙と同時にお父様にも手紙を書こう。それでいい。

そう決めて手紙を書き、殿下とお父様に送った。しかし……帰ってきた返事はわたくしの望むものとはかけ離れていた。

「どういうこと⁉」

翌朝一番に届いた殿下からの手紙。それを読んだわたくしの声が自室に響いた。そこには長々と殿下の美しい文字でいろいろなことが書いてあった。

要約すると、「婚約破棄は了承しかねる。君以上に私の婚約者にふさわしい令嬢はいない。追伸：午後、君の様子を見に行く」。つまり、殿下が言うことはひとつ。

――婚約破棄は「しない」。

「どうして……。わたくしの代わりを見つけるのに一生かかるというけれど、二年以内にあなたは代わりを見つけるのよ……。それに見舞いに来るなんて、前世ではそんなことしなかったじゃない」

――どうにかして婚約破棄をしなければ……

一人頭を抱えるわたくしを、使用人たちが驚愕の目で見ていた。

◇◆◇

私の名はジルベルト・ルーン・サードニクス。サードニクス王国の王太子として生を受けた。

隣にいるのは、私の侍従であり乳兄弟のアランだ。少し癖の強い暗めの赤髪で、服をところどころ着崩している。

「殿下、先ほどのクローディア嬢、どう思いますか」

クローディア・フィオレローズ。彼女はこの国の筆頭公爵家の令嬢として生まれ、それにふさわしい容姿、教養を併せ持つ。しかし常に無表情で、全てを事務的にこなす噂通りの「人形令嬢」だった。

そんな彼女が学園の始業式で倒れてから早三日。婚約者の義務として見舞いに行ったのだが……

「あぁ、明らかに何かがおかしかった」

人形令嬢と呼ばれるだけあり、彼女は一切の無駄を排した端的な言動に平坦な声、感情の動きを微塵も感じられない、眉ひとつ動かさない無表情が当たり前だった。今回の見舞いも、いつものように事務的な会話で終わるだろうと思っていた。

しかしどうだ。彼女は目を覚ました瞬間、大きく目を見開いた。そしてカタカタと震えていた。今までになかった感情らしきものが見て取れた。しかし――

「酷く、怯えていたな」

彼女に芽生えた感情、あれはどう見ても恐怖と混乱、そして怒りだった。一体、何に対してだ？

彼女は公爵令嬢という立場から、過去に何度か危うい目には遭っていた。しかし、どんなに命の危険に晒されても、いつも「大丈夫です」の一言で済ませていた彼女が怯えるほどの、何か。

悪い夢でも見ていたのか？　いや、夢ごときが彼女が取り乱すきっかけになるとは思えない。

「アラン、しばらく彼女の様子を見てくれ。変化があればすぐに報告するように」

「りょーかいです。殿下」

「……相変わらず軽いな」

「いつものことでしょう？　ジルベルト」

「はぁ……」

こんなにもチャラいくせに何故か仕事はできるのだ。相変わらず腹立たしい。

「……と、こ、ろ、で、ジルベルト」

アランの意味深な笑みに、また一つため息をついた。

「俺、ほんとに驚いたよ。社交界一の美人のクローディア嬢が、初めて表情を浮かべたんだもん。思わず俺ドキッとしちゃった。あははははっ！」

つい反射的にアランを睨んでしまった。

「げっ、そんな顔するなって！　じょ、冗談だからっ！」

くそっ、本当になんでこんな奴が有能なんだ。アランのこういうところは本当に変わらない。

「ま、殿下にはいますものね、初恋の人が……」

「クローディアは私の正式な婚約者だ。そういった類の発言はよせ。それに私の初恋なんて、一体いつの話をしているんだ。そもそも存在しない人だと言っているだろう」

「夢で出会った少女、ハンナ。ねぇ……」

私が六歳の時、王宮の庭園で出会った少女。

年齢はきっと同じくらいだった。ウェーブがかった長い金髪は毛先に行くほど桃色がかっていて、宝石のように輝く瞳は角度によって色を変えた。実に不思議な少女だった。大輪の薔薇が咲いたような笑顔に、いつまでも聞いていたくなるような透き通った声。彼女は私にハンナと名乗った。

ハンナとの会話は非常に楽しかった。いつも王太子として周囲に一定の距離を置かれ、一人の人間として話しかけられたことなどなかった私は、彼女に小さな恋心を抱いた。

しかし、その後ハンナと会うことは一度たりともなかった。国王である父でさえ、そのような名前の令嬢は知らないと言う。見張りをしていた騎士に尋ねても、誰もそんな少女は見ていないというのだ。あんな特徴的な髪の令嬢を誰も知らないわけがない。この世界にグラデーションの髪なんて存在しない。彼女は自分の髪を地毛だと言っていた。

肩を落とす私に母上は「夢で天使様に出会ったのよ。あなたは幸運の王子ね」と言った。夢であったかはさておき、彼女はきっと天使だったのだ。それならあの不思議な雰囲気も頷ける。

「とにかく、彼女の周りには注意しておいてくれ。城へ戻るぞ」

「りょーかい！」

アランが明るく返事をした。

◇◆◇

午後、ついにその時は来た。

「お嬢様、殿下がお見舞いにこられました」

「エマ、お通しして」

するとしばらくして扉が開き、ジルベルト殿下とアラン様が入ってきた。

「クローディア、具合はどうだい？」

「ご心配なく」

「まだ熱があるようだが」

「殿下、お願いがございます」

殿下の問いを無視し、あえて冷たく響くような声で言うと、殿下の纏う気配が変わった。

「手紙にも書いたが婚約破棄はしないよ？」

まずい。先手を打たれた。……いや、わたくしは礼儀知らずの愛想の悪い令嬢を演出するつもりなのだ。ならばこの雰囲気で押し切れないかしら。

「いいえ殿下。わたくしは婚約破棄がしたいのです」

まさかわたくしに反論されるとは思っていなかった殿下は驚く。それでも表情をすぐに戻し、いつもの貼りつけたような笑顔でわたくしに問う。

「クローディア、君はこの婚約の意味を分かっているよね？　この国の王太子である私と筆頭公爵家の令嬢である君との婚約は、生まれた時から決まっているようなものだ。君は王妃教育も受けてきた。この婚約は、君の家と王家の結びつきを強めるために必要なものなんだ」

唇を噛む。殿下は、これは政治的な婚約だと、一令嬢のわがままで破棄できるようなものでないと、貴族としての義務を突きつけてきたのだ。

しかし冷静に考えてみると、さまざまなものに縛られ、期待を裏切らずに生きてきたのに、その結果はご覧の通り。あんな恐ろしい結末を迎えるくらいなら――

「殿下、わたくしは自由になりたいのです」

「クローディア」

「どうして分かってくれないのですか！　あなたはわたくしにとって足枷でしかないのです！」

カッとなる頭の片隅でどこか冷静に考える。この噴火するように突然湧き出す感情は、前世の最期に感じた「怒り」だった。そう、わたくしは怒っているのだ。

「足枷……？」

わたくしの言葉に殿下は困惑する。

「冷静になるんだ、クローディア。君らしくないじゃないか。今まで無自覚のうちに冷たくしてしまっていたかもしれないが、それでも君のことは常に気にかけていたつもりだ。一体なにが不満なんだ！　今日だって無理やり予定を空けて君のところに来たんだ」

「殿下にこそ何が分かるのです！　わたくしは……！」

そこで言葉に詰まる。この状況を説明できる？　説明できたとして、信じてもらえるだろうか？

頭が痛い。まるで激しく殴られているようだ。ガンガンと繰り返し押し寄せる痛みに視界が歪む。

「……クローディア？　アラン！　医師を呼べ！　クローディア！　どうした！」

零れる涙がわたくしの頬を濡らす。

突然ふっ、と体から力が抜け、わたくしは意識を失った。

ゆっくりと目を開ける。

そこは、白い場所だった。部屋というべきか、空間というべきかは分からないが、果てがなく地平線らしいものも見えない。あんなにも酷かった頭痛が治まっていた。

ふと足元を見ると、足は地に着いていなかった。いや、「地」なんてものはないのだろう。実に不思議な場所だ。

もしかして夢の中なのだろうか。それともここはあの世なのだろうか。

そう錯覚してしまうような雰囲気だ。

『……。……』

誰かが何かを呼んでいる。なんて言っているのかは聞こえない。だが、その「誰か」が呼んでいるのは自分だと、なんとなくだがそんな気がした。

「どなたですか？」

クローディアはそう問う。

『あら、やっと届いた。皆ー！　繋がったわよー！』

とても綺麗な女性の声がした。

『本当に？　僕も僕も！』

『儂(わし)が先だ』

続いて少年のような声や老人のような声がしたと思うと、聞き取れないほどたくさんの人の声がしはじめた。一体何人いるのだろうか。

「恐れ入りますが、お一人ずつ話していただけないでしょうか。聞き取れないので……」

私がそう言うと女性の声がした。

『そうね、ごめんなさい。皆、……ちゃんが困ってるじゃない。一人ずつ喋らないとだめよ』

謎の声がそう言うが、名前の部分が聞き取れなかった。ノイズのような音がする。もしかしてわたくしの名前が分からないのだろうか。

「あの……わたくしはクローディアと申します」

そうすると、うるさいほどだった声が一斉に止んだ。

『そうだったわ、クローディア。あなたに話があるの』

「わたくしに？」

『ええ。あなた、最近おかしなことが起きなかった？』

おかしなこと、と聞かれれば思い当たることはひとつしかない。

「死んだはずなのに、昔に戻って……」

『あら、理解が早くて助かるわ』

どういうことだろう。というかこの声たちは何？

「失礼ですが……あなた方は誰、というか……何？」

『紹介が遅れてすまないな』

『『『『『私たちは神だ』』』』』

まあ、声が揃ってる……じゃなくて!!　……神？　え？　どういうことなの？

わたくしの頭はキャパオーバー寸前だ。

『前世でのお主にはずいぶんと可哀想なことをしたからな』

可哀想なこと？

『お詫びに、ではないが、君には幸せになってほしくてな。もう一度、君に人生をあげたのだ』

「え、ええ」

『でもそこで問題が発生してね。君、さっき頭痛くなったでしょ』

ええ、もう強烈に痛かった。

『普通は逆行転生なんてしないんだけど、無理やり転生させちゃったから。まだ君の魂と今の体とが馴染んでいなくて、拒絶反応みたいなのが起こっちゃったんだけど』

「……拒絶……反応」

『でも大丈夫よ！　あと数日あれば馴染むわ』

「神様」

『『『『『何？』』』』』

あ、いけない。ここにいる数えきれないほどの声の持ち主は全員「神様」なのだ。

「えっと……その女性の声の神様」

『『私？』』

……なるほど。女神と男神でだいたい半分には絞れたようだ。

「もういいです。とりあえず質問をしてもいいですか？」

『『『『『答えられるものなら』』』』』

「わたくしは、何をすればいいのですか？」

『特に何もすることはないわ。私たちはあなたに何かをしてもらうために転生させたわけじゃない。ただ、自由に生きてほしいの』

自由に……

ひとつ素朴な疑問が湧く。

「あの……どうしてわたくしをそこまで気にかけてくださるのですか？」

『それ……た……い…』

突然酷いノイズに襲われる。

「すみません！　今なんとおっしゃいましたか！」

問うが、返答はない。ノイズと共に真っ白な空間が黒くなり始め、それが全てを飲み込んだ時、わたくしの意識は覚醒した。

「クローディア‼」

殿下がわたくしの名前を叫ぶ。どうやらわたくしが意識を失ってから、それほど多くの時間は経っていないようだ。

「……クローディア、大丈夫か」

「……はい」

先ほど聞こえた神々の声は、夢だったのだろうか。

「クローディア、今医者を呼んでいるところだ」

「大丈夫です、殿下。あと数日寝ていれば治ると思います」

神々の声が正しかったら、あと数日すればわたくしの体調は良くなる。

「そうかもしれないが、一応診てもらったほうがいい。学園ももう少し休んだらどうか？」

――学園！　忘れていた。そうだ、始業式に倒れてから数日寝込み、昨日起きた。その間学園のことなんて考えてすらいなかった。

数日の間にわたくしの体調はみるみる良くなった。あの神々が言った通りだ。

とりあえず今優先すべきなのは、学園でどう過ごすか、だ。

神々はわたくしに「自由に生きてほしい」と言った。それなら、友人と呼べる人が欲しい。できるなら、対等に本心で語り合えるエマのような。

わたくしは「人形令嬢」。前世のわたくしには、誰も好んで近寄ってこなかった。擦り寄ってくる人間もいたが、それはあくまでも地位があったから。そして今その地位を捨てようとしている。

そんなわたくしに友人はできるのだろうか。今までは、ほとんど誰とも関わることなく一人で過ごしてきた。そのせいで友人の作り方など何ひとつ知らない。

「エ、エマ……」

「はいお嬢様」

「わたくしが……友人を作るには……どうすればいいのかしら。お金？　宝石が必要？」

エマは大きくため息をついた。

「お嬢様、友人とはお互いを心から信頼し、気軽に話せる間柄を指します。お金で釣られるような人間が本当の友人になれると思いますか？」

「……ならどうすればいいの？」

「そうですね。お嬢様には少々、近寄りがたい雰囲気があります」

「というと？」

「お嬢様は完璧でいらっしゃいます。ですが、完璧すぎるが故に近寄りがたいのです」

「……なるほど」

「お嬢様はすでに一年間学園で過ごされ、皆様が抱くお嬢様のイメージは固定されてしまっています。ですので、そのイメージを塗り替えることが必要です」

「どうすればいいのかしら!?」

わたくしは前のめりに尋ねる。

「たとえばですが……髪型を変えたり」

「髪型？」

「はい。人に話しかけるには話題が必要です。会話をしたことがない相手と簡単にできる話題、それは『髪型変えました？』です。いつもより素敵ですね、など、話が発展しやすいです」

エマの話に納得する。これはいいことを聞いた。学園に通い始めたら実践しよう。

「そうと決まれば教科書を整理するわよ。もうそろそろ学園に行けるようになるわ。ちゃんと準備しないといけないわね」

冷静になれば準備するものはほとんどないはずなのに、一瞬それすら忘れてしまうほど楽しみにしている自分がいた。


そして、逆行転生してから初めて学園に通う日がやってきた。

エマに言われた通り、今日の髪は一部を編み込み、下ろした。明るめのシルバーのウェーブがかった髪はメイドたちの手によって艶々に磨かれ、花を模した薄桃色の髪飾りがキラキラと輝いている。

これは、「お嬢様には花が似合う！」というエマのチョイスだ。

「そろそろ時間ね。馬車の用意はできているの？」

「もちろんです、お嬢様」

エマは本当に優秀だ。まあ公爵邸で働くには優秀であることは大前提だが、彼女はよく気がきくし作業が丁寧だ。

「流石エマね」

わたくしがそう言うとエマはパッと笑い、「さあ行きましょう！」と言った。

馬車の窓から湖が見える。この湖はわたくしにとって思い入れがある場所。

——前世で、エマを看取った場所。

普段は通学路に口出しなんてしないが、何故かどうしても見たくなった。

相変わらず美しい湖だ。湖面が朝日でキラキラと輝いている。心が洗われるような、ずっと見たくなるような魅力がある。

美しい？

ふと自分に問いかける。わたくしは今確かに、湖を見て美しいと思った。今までそんなふうに感じたことがなかった。

どうしてか分からない。分からないが、前世のわたくしと今世のわたくしは同じクローディアなのに何かが違う。変化している。以前は何事にも興味を持てなかったし、皆のように感じることはなかった。景色に色なんてなく、淡々としたモノクロの映像を見ているようだった。でも今は、ほんの少しだが景色に色がついて見えるような気がする。

「お嬢様、もうすぐ学園ですよ！」

窓の外を見る。立派なレンガ造りの大きな建物が見える。かつて三年間通った建物が。

前方の門に視線を移せば、見慣れた姿があった。

「……殿下？」

わたくしは馬車を降りた。すると、わたくしに気づいた殿下とアラン様がこちらに歩いてきた。

どうしてだろう――前世ではこんなこと一度もなかったのに。

「おはようございます殿下。本日はどうして門に？　どなたか待っていらっしゃるのですか？」

「おはようクローディア。君を迎えに来たんだ。久々の登校で緊張しているかと思って」

緊張はしていないが……婚約を破棄したいのに、朝からエスコートなんて。どうやら外堀から埋める作戦のようだ。どうしても王家と公爵家との繋がりを手放すわけにはいかないのだろう。

一瞬断ろうと迷ったが、学園では身分は関係ないとはいえ、殿下は王族。貴族の本能で断れなかった。パッと手を取られ、校舎までの道をゆく。

「……クローディア、今日はいつもと雰囲気が違うね」

「分かりますか？」

「あぁ。君のことならどんなことでも分かる。その髪型、すごく似合っているよ」

「あら、嬉しいですわ」

分かりきったお世辞なんて何ひとつ嬉しくない。それでも、他人が今のわたくしたちを見れば、仲睦まじいと思うのだろう。

「殿下、お顔が少し赤い気がしますが、もしかして体調が悪いのでは？　もしそうでしたら医務室へ行かれることをおすすめいたします」

「……大丈夫だ。気にするな。体調が悪いわけではない」

でも、少しずつ赤みが増しているような気がする。やはり体調が悪いのでは……

「失礼します」

そう言うと、わたくしは殿下の額に手を当てた。

「っ……!?」

あら、やはり少し熱いわ。というかどんどん熱くなるようだ。

「殿下、やはり熱が……」

そう言いかけた瞬間、額に当てた手をパッと離され、殿下が後退った。

「ク、クローディア……その……突然触るのは……」

そこでハッとする。わたくし、なんてはしたないことを！

「申し訳ありません……」

「いや、謝ってほしいわけではないんだ！」

なんだか今日の殿下は変だ。

そうこうしているうちに始業の予鈴のベルが鳴る。

「殿下、授業が始まりますわ。そろそろ教室に移動しないと」

殿下とわたくしの教室は別である。この学園は階級や実力に関係なく、クラス分けはランダムで行われる。

「そ、そうだな」

そう言うと、殿下は少し赤い顔のまま、早足で自分の教室に向かって行った。

教室に入ると、すでに他の生徒たちは席に着いていた。予鈴は鳴ったが、まだ授業は始まったわけではないので大丈夫だ。わたくしは適当に席に着く。

「あら、クローディア様ですわ」

「始業式から仮病でジルベルト殿下に媚を売って……また学園に来れるなんて豪胆ね。恥ずかしくないのかしら」

「恥ずかしくないからあんな大胆に倒れられるんでしょう？」

「人形ですものね」

くすくすと笑いあう声が聞こえるが、昔からなので慣れている。やはりわたくしの地位に妬みを抱くものは多い。年頃の令嬢なら特に。だがそんなことをいちいち気にしていても仕方ない。聞こえないふりをして教科書を準備する。

「皆さん、おはようございます」

始業のベルと共に教師が入ってきた。一限目は魔法の授業だ。

「本日は野外演習場でこの一週間の成果を披露するテストを行います。クローディア嬢、休んでいたあなたには少し厳しいかもしれませんが、例外は認めませんので」

教師がニヤリと笑いながらわたくしを指さすと、他の生徒たちもまた下品な笑みを浮かべてこちらを見る。この学園の教師もまた貴族で、わたくしの才能や地位を妬み、憎悪を燃やす者も少なくない。

「では外へ」

教師のその一声で、生徒たちは一斉に教室を後にした。

外に出ると、説明もなしにすぐにテストが始まった。休んでいたわたくしに対する配慮など欠片もない。学園内では身分の差は関係ないと定められているため、たとえ男爵家の子息であろうが公爵家の子息と対等に話すことができる。それを利用して、彼らはとことん虐めを働くのだ。

「次！　ジュリア・デニス！」

そう呼ばれた女生徒——デニス侯爵家の令嬢であるジュリア様はわたくしを一瞥すると、勝ち誇ったような笑みを浮かべて位置についた。

彼女が呪文を唱えると両手から三メートルほどの竜巻が生まれ、目の前の藁でできた案山子(かかし)をボロボロに切り刻んだ。

途端、拍手が巻き起こる。わたくしたちの年齢からすればかなり優秀だと言えるだろう。

「ジュリア・デニス。素晴らしい魔法でした！　あなたはとても優秀な生徒で私も誇らしいですよ」

教師が満面の笑みでジュリアを褒める。それから私に視線を向けるとニヤリと笑った——完璧なお前の鼻をあかしてやろう。その視線はそう語っていた。

前世でのわたくしなら特に何も思わなかっただろう。もちろん今世でも気にしていない。気にするだけ無駄だ。

しかし、今世のわたくしには秘密がある。逆行転生という秘密が。これが何を意味するのかというと——「その授業、前世で受けました」。彼らのくだらない企みの裏をかいたようで胸がすく。

まあ、前世のことがなくとも、教科書の内容はすでに一学年の時点で頭の中に入っているのだが。

「次！　クローディア・フィオレローズ！　できなければやめてもいいのよ？　授業を受けていないのだから恥ずかしいことではないわ。まぁ、休んだ理由はさておきね」

相変わらずよく回る口ですこと。

わたくしは位置についた。そして片手を上げ、軽く振り下ろした。

途端、ゴオオォォという凄まじい轟音とともに巨大な火柱が空高くまで上がる。次にその炎を消すように巨大な水の柱が出現する。水は飛沫となってキラキラと光を反射し、虹を出現させながら消えた。案山子(かかし)はもちろん、灰すら残すことなく――

わたくしは自由に生きる。いちいちこんな嫌がらせに付き合っている暇はない。余命は二年。いかに楽しむかが肝心である。ということで、今世は嫌がらせにも手加減はなしだ。これでも本気ではないのだが、本気を出せば学園が崩壊の危機に晒されるため、それなりの出力だ。

「無……詠唱……」

何か聞こえてふと横を見ると、腰を抜かす教師と、唇を噛むジュリアの姿があった。

「ジュリア様、そんなに噛むとせっかくの唇が荒れてしまいますわよ？　わたくしのリップクリームをお分けしましょうか？」

王妃教育で培った、それっぽく聞こえる最高の皮肉をプレゼントした。

非常にスッキリとした。こんな感覚は初めてだ。

転生してから、わたくしの心は少しずつ軽くなりつつある。地に這(は)い蹲(つくば)る教師にも皮肉の一礼をプレゼントし、席に戻った。

一通り午前の授業を終え、昼食を食べるために中央庭園へ向かう。この学園の象徴といえる、立派で美しい庭園だ。中央庭園の隅、茂みを抜けたここは基本的に静かで人の気配もほとんどないため、前世からお気に入りの昼食スポットだ。

「ふぅ、分かっていたとはいえ、教師も生徒もとことんやってくれるわね」

一人ベンチでため息をつく。一限目以降も酷いものだった。作法では妙に厳しい採点。ダンスではパートナーに足をわざと踏まれ、引っ掛けられ。

「皆わたくしを追い落とすために必死のようね。他にやることないのかしら」

黙々と昼食を食べる。この場所以外に落ち着けるところは、今のところ学園にはない。唯一の楽園だ。誰も進んでこんな端には来ない。

小さな薔薇のアーチに、二人が座るほどのスペースしかない丸いテーブル。その横には小さな池があり、小さな魚がゆらゆらと泳いでいる。ここは心が安らぐ。喧騒から離れた自分だけの空間だ。

紅茶を口に含み一息つく。午後からは、またあのろくでもない教室でろくでもない授業を受けなければならない。

——めんどくさいわ。いっそのこと医務室で休んでやろうかしら。

いや、そんなことをしても根本的な解決にはならないし、また仮病だのなんだのと言われるのもめんどくさい。今世こそ学園生活を楽しみたいなんていう夢は捨てるべきなのか……

そんなことを考え始めた時、わたくしのすぐ後ろの薔薇の植木がガサッと音を立てて揺れた。

「やあクローディア。私も一緒にいいかい？」

——なんで殿下がここにいらっしゃるの！

いや、学園内だからおかしくはないのだが、今まで誰にも知られなかったわたくしだけの隠れ場所がどうしてバレているのか。偶然なのだろうか。

「それはよろしいですが……ひとつお聞きしても？」

「あ、あぁ」

「どうしてわたくしがここにいるとお分かりに？　今まで誰にも知られなかったので……」

殿下の肩がビクッと跳ねた。

「それは……だな、そ、そう！　散歩をしていたらクローディアが見えたから、気になって来てみたんだ！」

……嘘、だろう。そんな丸分かりな嘘をどうしてつくのだろうか。まぁ何かしらの事情があったのかもしれない。ここはそういうことにしておこう。

「それはそうと、庭園の隅にこんなに美しい場所があったのだな。今まで気づかなかった」

殿下が呟く。殿下と小さな薔薇の庭園……絵になりすぎだ。指に小鳥を止まらせれば大抵の令嬢は恋に落ちるだろう。恋愛に興味はないが、あんな大胆な嫌がらせを受けるのも頷ける。わたくしはとんでもない方と婚約しているようだ。早く破棄しなければ、平穏な学園生活が脅かされてしまう。いや、もう脅かされているが。

「久々の学園はどうだい？」

殿下がわたくしに問う。

「非常に楽しませていただいておりますわ」

「……本当に？」

「ええ」

「ならいいのだが……。以前のように嫌がらせを受けているのではないかと思ってね」

正直全然楽しくはないのだが、無駄に心配させる必要はない。わたくし一人が我慢すれば済むこと。

「ご心配いただきありがとうございます。ですが、見ての通り大丈夫ですので」

殿下がせっかく心配してくれたのに、少し冷たく言ってしまった気がして申し訳なくなる。いや、別にいいか。冷たくして婚約破棄してもらえれば。

「そういえば殿下、体調はいかがですか？」

「体調？」

「はい。朝は熱がおありのようでしたので……」

殿下が固まる。

「クローディア、すまないが今朝のことは忘れてくれ。私は熱もなかったし体調も悪くなかった。少し動揺しただけだ」

「そうですか……」

殿下がそう言うなら、これ以上踏み込む理由はない。昼食を食べ終わる頃にはアラン様が殿下を呼び戻しに来て、そのまま不思議な昼食の時間は終わりを告げた。


殿下は去ったが……殿下が来たのとほぼ同じ頃から、茂みの奥で何かの気配がしていた。一瞬は警戒したものの、その気配に敵意を感じなかったためそのままにしていた。しかし、さすがにこの長時間ずっと茂みの中から動かないのは不自然だ。

「どなたなのかは知りませんが、わたくしに用があるのなら出てきてくださいますか」

声をかけた瞬間、茂みががさっと音を立て、ほんの数秒の後、一人の令嬢が姿を現した。

「あの……」

「……？　あなたは確か……」

メアリ・スピネル伯爵令嬢だ。身長は低めで、背中ほどの薄茶色の髪に淡い翠色の瞳をしている。大人しめの印象の令嬢だ。なんの用だろう。

「メアリ様、どうかなさいましたか？」

「私の名前をご存じだったのですか……！　ありがとうございます！」

「は、はぁ……」

この子大丈夫かしら。少々変わっているようだ。

「えっと……あの……」

「落ち着いてください。わたくしは逃げませんから」

「はい！　えっと、クローディア様。その……本日の髪型、とても素敵だと思います!!」

メアリ様は顔を真っ赤にして照れながらそう言った。

髪型……褒めてくれたわ！　エマの言った通りね！

「お褒めいただきありがとうございます。本日の髪はわたくしの大切なメイドが結ってくれたのです。とても嬉しいですわ」

「とても器用で素敵なセンスを持ったメイドなのですね」

なんだかとても誇らしい気分になる。胸が高鳴り、頬が自然とほころんだ。わたくしはきっと、「嬉しい」のだ。エマのことを認めて、褒めてくれる方がいることに。

「ええ！　エマは……わたくしにとってとても大切なメイドです」

そう言った瞬間、最後にいつ動いたか分からないほど動いていなかった頬の表情筋が、斜め上に大きく動いた。動いたのだ。もしかしてこれは「にこっ」なのではないだろうか？

わたくし、今笑った？　笑ったかしら！

メアリ様は、わたくしの顔をぽっと頬を染めて眺めている。

「メアリ様、わたくしは今笑っていましたか？」

どうしても気になって、少し前のめりに聞く。もし笑っていたのなら、前世のように「人形」と呼ばれなくなるかもしれない。自由への第一歩を踏み出せたかもしれない。

じっとメアリ様を見つめる。そんなわたくしにハッとして、メアリは答えた。

「はい……とても、とても素敵に笑っておられました」

やった！　やったわ！　わたくしはついに笑えたのね！

「笑う」という行為は、他の人にとってはできて当たり前のことだろう。だが、わたくしにとっては違う。笑おうと思っても、何に対して笑えばいいのか、どこが面白いのかが分からなかった。そんなわたくしにとって、笑えたことは大きな自信であり喜びだった。

「私、クローディア様のことを誤解していました」

「誤解？」

「はい。クローディア様は他の人との交流をあまり好まれない方だと思っていました。話しかけようとしても、拒絶されているように感じてしまって……」

やはり。これもエマの言った通りだ。

フッ。もうわたくしは無敵ですわ！　笑えたのよ。わたくしは笑えたのよ！　もうこれで友人がいない寂しい公爵令嬢なんて言われないはず。

「ごめんなさいメアリ様。意識はしていなかったのですが、やはりそう見えていたのですね」

「いえ！　今のクローディア様は、なんというか……柔らかくなられました。わたくしは今のクローディア様のほうが好きです！」

ドキッとする。エマ以外の方に好き、と言われたのは初めてだ。

「それで、その……今度、昼食をご一緒させていただけませんか!?」

来たわ！　ついにわたくしに友人と言える方ができたのではないか、と胸が高鳴る。

「ぜひご一緒させてください。わたくし、メアリ様とお話してみたいです」

メアリ様は花を咲かせたような笑顔を浮かべ、「ありがとうございます！」と言った。

この笑顔は私のお手本ね。素晴らしい笑顔だわ。

初めてできた友人とこれからどんな時間を過ごそうか、期待に胸がふくらんだ。


メアリ様とお友達になってから数日、相も変わらず受けるさまざまな嫌がらせを適当に受け流し、時に反撃をしていたある日。

なんだかクラスの皆の様子がいつもと違う。わたくしに向ける視線が妙に鋭いのだ。

席に着くと、置いていたはずの教科書が数冊ない。忘れたかしら、と一瞬考えたが、前日エマが欠かさず確認をしているし、今朝は確かにあった。

教科書がないことに気づいた私の様子を見て、何人かの令嬢がくすくすと笑う。

——なるほど。わたくしの様子が違うことに気がついて、新しい手を打ってきたというわけだ。

それにしても古典的な手を使うものである。

教科書は切り刻まれ、遠く離れた教室のゴミ箱に捨ててあった。他人の教科書を切り刻んで捨てるなんて、箱入り令嬢がよくこのようなことを思いつき実行したものだ。普段被っている猫はどこに行ったのか。

「教科書はまた買わないといけないわね」

金銭的には全く問題はないが、何度も繰り返し捨てられては困る。ほとんどの令嬢は結託してわたくしを蹴落とそうとしている。教科書の内容はもう全て覚えているとはいえ、そう何度も忘れ物をすると体裁が悪い。

「どうなさったんですか？　クローディア様」

教科書のことを考えながら歩いていたら、メアリ様がいつもの笑顔で声をかけてきた。

そう、今世のわたくしは孤独じゃない。メアリ様がいる。

それだけで少し穏やかな気持ちを取り戻せるような気がする。談笑しながら歩いていると、ふとメアリ様が口を開いた。

「そういえば、もう少ししたら定期考査ですね」

——定期考査！

あぁ、忘れていた。というか思い出したくなかったことだ。この学園には年に三回、学期末にテストがある。このテストは進級だけでなく、将来の進路――嫁ぎ先や職業選択にも深く関わる。学園内の評価ではなく、貴族としての評価になるのだ。

わたくしは前世では毎回全教科満点で一位だった。完全実力主義の学園で、筆頭公爵家の令嬢で、王太子の婚約者で成績優秀だなんて、妬みの種になることは火を見るよりも明らかだ。

――でもどうすればいいの。

好成績を残せば妬まれ、それなりに手加減すれば馬鹿にされ蔑まれる。打つ手がないではないか。何もできない。どれを取ってもいい未来はないじゃない！

「テスト」という単語を聞いてから、頭の中は思考で溢れて、メアリ様との会話にほとんど集中できずにいた。そのままメアリ様と別れ、邸に帰った。

方針も決まらぬまま、テストの一週間前になった。まだ悩んでいる。いい成績を取ることは苦ではないし、何も考えずに問題と向き合えばテストはまず満点だ。でも、それではいけない。ただの前世の繰り返しになってしまう。

「クローディア」

声をかけられて振り向くと、数日ぶりに見る殿下がいた。

学園の廊下なのだから会うことは不思議ではないが、何故か会いたくなかった。

「何の御用ですか」

「用がないと自分の婚約者に話しかけてはいけないのかい？」

「いいえ、ただテスト前ですので勉強に集中したいだけです」

「そうか。でも君なら今回も満点が取れるだろう？」

「念には念を。妥協はしません」

ハッとする。つい流れで満点を取る宣言をしてしまった。そんなつもりは微塵もなかったのに。

「クローディア、一緒に勉強しないか？」

「する必要がありますか？」

「クローディアに教えてほしいんだ。王族がいい加減な成績を取るわけにはいかないからね。こんなことを頼めるのは君しかいないんだ」

「ご心配なさらずとも、殿下は私に次いでいつも二位ではないですか」

殿下の成績なら問題なんてないはず。どうしてわざわざそんなことを頼むのだろうか。

殿下は非常に優秀な方だ。そんな殿下がわたくしに教えを乞う理由などないはずだ。わたくしより専属の家庭教師のほうが手間も省けて都合もいいだろうに。

まだ婚約者である手前、二人で勉強しても咎められることはないが、婚約破棄をしたいわたくしからすればいい気分ではない。

「殿下、専属の家庭教師の方にお願いされるほうがよろしいのでは？」

「家庭教師と君とを比べてみると、私は君のほうが優秀だと思うんだ。優秀な人に教わりたいと思うのは自然なことだろう？」

そう言われると断りにくい。元からあまり外出しないわたくしは基本的に暇だ。時間があり余っている。今世はこのあり余る時間を友人と過ごす時間に使おうと決めたのに、初っ端から殿下に計画を邪魔された。

「わたくし、教えるのは上手くないと思います」

「やってみないと分からないだろう？」

「下手だったら？」

「その時はその時だよ」

その時はその時って……どうなさるのよ。

「週末はどうだ。一日使えるし、王宮ならそれなりのもてなしもできる」

「……分かりました」

わたくしが半ばため息をつくかのように返事をすると、殿下は満面の笑みで「待っている」と言い、去っていった。

◇◆◇

「クローディア、ここの問題は……」

「ここは……で……です」

王宮での勉強会は順調に進んでいた。

秀才の殿下と学問についての会話を交わしていると、新たな視点での物事の捉え方など、見解を深めることができて、思いがけずとても楽しかった。

「はぁ……クローディアの頭の中を覗いてみたくなるよ。どうすればそんな画期的な考え方が浮かぶんだ……」

「殿下もかなり素晴らしい考えをお持ちだと思います」

「君が言うか……」

「これは本当ですわ」

殿下は基本的には優秀な王太子で、国民に対する思いやりも深い。でも、殿下は目の前にいる人間に壁を作っているように感じていた。「人形令嬢」のわたくしに言われるのは心外かもしれないが。周りからのプレッシャーの中で育てば愛想笑いが貼りつくのは理解できる。それ故に本当に信用できる人間以外は信じないし、興味を持たないのだろう。

「ところでクローディア、気になっていたのだが、教科書はどうしたんだ？」

「……！」

「君にしては珍しい。最近教科書を持っていないことが多いとも聞いたんだが……何かあったのではないか？」

やはり。教科書の内容は覚えているから問題ないと言い張っても、忘れ物などしたことがないこれまでのわたくしの行動を考えると、違和感があったのだろう。

「何かあれば言ってほしい。これは婚約者としての形式的な言葉ではない。私は……私はただ純粋に君のことが心配なんだ」

いつものにこやかな笑みを消して真面目な表情でそう言う。

心配……していただけるなんて。

前世ではなかったことだ。でも、だからといって馬鹿正直に話す必要はない。これはわたくし一人が耐えれば済む話だ。まだ耐えられる。――まだ……耐えられるはず。

「心配していただきありがとうございます。ですが、大丈夫です」

沈黙が流れる。

お互いその沈黙を破る気にならず、残りの時間はただひたすらに勉強して過ごした。

テストから数日後、学園の掲示板の前は大勢の生徒でごった返していた。
しばらくして数人の教師が来て、掲示板に大きな紙を貼り付ける。テストの順位表だ。生徒たちは一斉に掲示板に向かい、我先にと貼り出された紙に目を向ける。喜ぶ者、落ち込む者などさまざまだ。
わたくしはその様子を遠くから見て、人がいなくなるのを待ってから見に行った。
一位　クローディア・フィオレローズ　七〇〇点
二位　ジルベルト・ルーン・サードニクス　六八五点
三位　アラン・ヘリオドール　六六二点
四位　ジュリア・デニス　六二三点
自分は満点で一位。その他の結果もおおむね予想通りだった。殿下は六八五点。この学園の超鬼畜なテストの中ではかなりの高得点だ。わたくしたちと一緒に勉強したアラン様も、前回よりも点を伸ばしている。

「クローディア様、また一位でしたね！　すごいです！」

教室に戻ると、メアリ様に声をかけられた。

「私は相変わらず真ん中あたりで……。頑張ってはいるんですけど結果がついてこなくて」

メアリ様は思い通りの結果ではなかったのか、しょんぼりと落ち込んでそう言った。

「大丈夫ですよ、メアリ様。継続していればいつか必ず報われます」

殿下に満点を宣言してしまったのでいつも通りの実力を出したが、今後はどうするのがいいのか未だに決めかねている。とりあえずテストを乗り切れたことに安堵の息を吐きつつ、また今後のことについては真剣に考えようと思った。

「ところでメアリ様、殿下を見かけませんでしたか？」

「ジルベルト殿下ですか？　おそらく教室にいらっしゃると思いますけど……」

「そうですか、ありがとうございます」

特に用はないのだが、最近よく一緒にいたため、なんとなく一緒にいるのが当たり前になっていて、つい聞いてしまった。

──教室。自然と足が殿下の教室に向かう。

その時、後ろからグイッと肩を掴まれた。その勢いで後ろを振り返る。

「……どこに行こうとしてるの？　まさかジルベルト殿下の教室じゃないでしょうね」

「ジュリア様……」

「満点で一位を取ったことを褒めてほしいの？　強欲もいいところよ」

そんなことをしてほしいなんて思っていない。ただ純粋な気まぐれだった。

「わたくしは殿下に会いに行くなんて一言も言っておりません。他のクラスに行ってはいけない決まりでもあるのですか？」

わたくしがそう言った瞬間、ジュリア様は声のトーンを落とした。

「来なさい」

「……っ！」

ジュリア様の取り巻きもやってきて、無理やり腕を掴まれてどこかに連れていかれる。彼女たちの力は思ったよりもはるかに強く、わたくしの力では到底振りほどくことはできなかった。

抵抗できないままズルズルと大きな噴水の近くまで歩かされる。噴水には大きな像が立っていて、その裏は周囲の死角になる。ジリジリとその縁に追い込まれる。

「……あなたが悪いのよ。クローディア様。あなたが私より優れているから。あなたが私の全てを奪ったから」

「あなたの……全て？」

「ええ。社交界一の美人の座も、成績も、ジルベルト殿下の婚約者の座も！　本当は全部、私のものなのに！　あなたさえいなければ全てうまく行くのよ！」

「……あなたは殿下のことが好きなのですか？」

「バカにしてるの？　私はあなたよりもずっと、ジルベルト殿下のことをお慕いしているわ。殿下も、愛想笑いの一つもできないあなたなんかより、私と結婚したほうが幸せに決まってる！」

何も言い返せなかった。わたくしは殿下のことを好いてはいないし、愛想笑いもできない。この先アイシャ様と結婚されるくらいなら、ジュリア様のほうがいいかもしれない。

そんなことを考えていた時、両肩に強い衝撃を受けるとともに、視界が大きく揺らいだ。

――え。

「ということで、あなたには死んでいただきます」

理性を失った瞳でそう呟いたジュリア様の顔が見えた。次の瞬間、背中に衝撃を受け、わたくしの体は水中に投げ出された。

――体が、重い。

学園用とはいえ、わたくしが着ているのはドレスだった。何重にも重なる布が水を吸い、時を追うごとに信じられないほど重くなる。

巨大な噴水は、美しい見た目に反しかなり深かった。三メートルほどあるだろうか。もしかしたらもっと深いかもしれない。

――苦しい……！

なんとか水面に向かおうともがけばもがくほど、ただ体力を消耗するだけで、苦しさだけが増していく。息ができない体は、水中にもかかわらず反射的に空気を求める。

途端、大量の水が体内に流れ込み、代わりに肺に残っていた空気が水面へと無情にも昇っていった。苦しさとともに意識が薄れ始める。

——ここで終わるのね……

水面がキラキラと光るのが見えた。

——ああ、死ぬ。また。

意識を手放す瞬間、光る水面に影がさした気がしたが、考える間もなく闇に包まれた。

◇◆◇

「あら、ジルベルト殿下、ごきげんよう」

テスト結果が公表され、またクローディアと肩を並べられなかったことを少し悔しく思いながら廊下を歩いていると、すれ違いざまに一人の令嬢に声をかけられた。適当にあしらおうとしたが、彼女が次に発した言葉に、進みかけた足を止めた。

「クローディア様には会われましたか？」

「……クローディアに？」

「はい。先ほどクローディア様にジルベルト殿下のいらっしゃる場所を聞かれたので、教室にいると思います、とお伝えしました」

「……来ていない」

「え？」

「クローディアは、私の教室には来ていない」

嫌な予感がする。

「それはいつの話だ？」

「十分ほど前のことですが……」

クローディアの教室から私の教室までの道のりは複雑なものではない。こんな単純な道を間違えるはずもない。途中で他の道があるとすれば……噴水へ続く道しかない。あの噴水はとてつもなく巨大で、陰に隠れてしまえば見つけるのは非常に困難になる。彼女に何かあったに違いない。

「アラン！」

少し離れたところにいたアランを荒々しく呼び、噴水へ全力で向かう。もしこれがただの杞憂であるならいいのだが。

その時、噴水の方向から激しい水音が聞こえた。

——まさか！

最悪な予感を裏付けるかのように、噴水のほうから血相を変えた令嬢たちが走ってきた。彼女たちは「ク、クローディア様が……！」「ジュリア様がクローディア様を……！」「私たちそんなつもりなかったのに……」などと同時に喋り出した。パニック状態に陥っている。

「アラン」

「はい。みなさん落ち着いてください。早くその場所へ案内を」

そこには、噴水に向かって気が狂ったように高笑いを続けるジュリア嬢の姿があった。

「何をしている！」

「オホホホホ!!　これで一番！　私が一番よ！」

彼女を押し退け、ガバッと水面を覗き込む。水面の反射でよく見えないが、何か紫色のものが見えた気がした。それは、クローディアが今日つけていた髪飾りの色だった。

「クローディアっ……！」

「殿下っ！　おやめください！」

アランの制止も聞かず、無我夢中で噴水に飛び込んだ。

冷たい水を掻き分けて進んでいくと、水中でゆらゆらと揺れるシルバーの髪が見えた。

手を伸ばし、抱き抱えて水面へ向かう。

「殿下！　ご無事ですか！」

クローディアを抱えて噴水から這い上がると、笑い続けるジュリア嬢をアランが拘束していた。嫌がらせをしていた令嬢たちはその様子を見て呆然と立ち尽くしている。

「私は問題ない！　それよりもクローディアだっ……！　水を大量に飲んでいて意識がない！」

クローディアの体を横に向け、水を吐かせる。

「ゴホッ……！」

少しするとクローディアはかなりの量の水を吐き、力なく横たわった。

「クローディアッ……!!」

青白い顔をしたままのクローディアにどれだけ声をかけても、返事はなかった。

第二章

……声が聞こえる。薄く開いた瞼に眩しい光が差し込んだ。

「ん……」

見慣れない部屋が目に入った。金で装飾され一見派手に見えるが、全体の内装はシンプルにまとめられていて上品な雰囲気だ。

「ここは……」

「……っ!?　お嬢様！」

一人のメイドが血相を変えて近づいてきた。

「お嬢様！　お気づきになられましたか!?」

「あなたは……」

彼女を知っている気がして名前を呼ぼうとする。

——あれ？　おかしい。何かがおかしい。わたくしは彼女を知っている。絶対に知っているはずなのだ。それなのに。

——何も思い出せない。

わたくしの本能は彼女を知っていると言っている。でも具体的に考えれば考えるほど、頭に霧がかかったように思い出せない。一体誰なのだろう。

「ごめんなさい。思い出せないわ……」

「嘘っ！　お嬢様！　私ですよ！」

「……ごめんなさい」

「……っ！　お医者様をお呼びします……」

わたくしがそう言うと彼女は息を呑んで後退りし、震え声でそう言った。

「嘘よ……。お嬢様に限ってそんなことがあるはずないわ……」

ブツブツと呟きながら、彼女は大急ぎで部屋から出て行った。

数分後。バタバタと複数の大きな足音が聞こえた。先ほどのメイドが呼ぶ、と言っていた医師が到着したのだろう。

「クローディアッ！　目が覚めたのか！」

部屋に入ってきたのは同い年くらいの青年だった。かなり取り乱しているのか、転がるようにわたくしのところまで来た。

「大丈夫か？　どこか痛むところはないか？　気分が悪かったり……」

「大丈夫です」

「私の……名前は分かるか……？」

美しい金髪の一部が変色している。

「綺麗な髪……」

「えっ？」

「す、すみません……。とても綺麗な髪でつい……」

どうやら思っていたことが口に出ていたようだ。

「ジルベルト殿下、ですか？」

「分かるか⁉」

青年の顔がパッと明るくなり安堵の色が現れる。

「申し訳ありません。髪の一部が変色しているのは王族の証。同年代の王族の方はジルベルト殿下しかいらっしゃらないので……」

わたくしがそう言うと、彼は酷く肩を落とした。どうにかして記憶をたどろうとするが、またもや霧がかかったかのように頭の中が白く霞んで思い出せない。

「失礼します」

聞き慣れない声が聞こえて横を見ると、白衣を着た男性が立っていた。どうやら医師のようだ。

診察が始まり、いろいろなことを質問されたが、ほとんどのことに答えられなかった。

◇◆◇

クローディアが意識を失ってから一週間が経った。噴水から助けたクローディアの心肺は停止していた。教師、養護教諭、医師などをアランが呼びに走り、私はクローディアの命を助けることに必死だった。救命の知識を総動員し、できることは全てした。

皆の懸命な救命活動により、心肺機能は無事に戻った。意識を失ったままだが、療養のために一時的に王宮の一室に運び込まれた。あとはクローディアが目を覚ますだけ。誰もがそう思っていた。

「くそっ……」

クローディアを助けられなかったことに対する悔しさで、私は自室の壁を拳で思い切り殴った。

先ほど医師から告げられたクローディアの症状に、その場にいた全員が言葉を失った。

『クローディア様は記憶を失っておられます。そして、ご本人はそのことを認識できないようです。これまでかなり精神的にお辛かったようです。そのタイミングでこのようなことが起きたので、心がショックに耐え切れなかったことが原因と思われます。ずっと辛いのを我慢してこられたのでしょう』

クローディアはいつも私に大丈夫だと言っていた。本当は記憶をなくすほど辛かったのに、ずっと黙っていた。私はクローディアに信じてもらえていなかったのだ。

――私は一体何をしていた。

頼られたい一心で心配をしている気になっていただけだ。クローディアの辛さに気づいてやれなかった。何もしていなかった。あんなに近くにいたのに。クローディアがこんなことになった原因の一部は明らかに私にある。見通しが甘かった。まさか、この国の貴族令嬢が集められた学園の中でそんなひどい目に遭うとは思わなかったのだ。私の中途半端な行動がクローディアから「助けを求める」という選択肢を奪ってしまった。何故もっと踏み込まなかったのか。もっと親身に相談に乗ることもできた。もっと気にかけてやれたはずなのに。

「どうすればいい……」

今までクローディアは、本当に人形ではないかと感じられるほどに感情がなかった。それが突然何故か変わったことで、人の醜い部分と出会ってしまったのだ。人に、無意識に強い恐怖心を抱いてしまったのだろう。クローディアが失っているのは人に関する記憶だけだった。それ以外のこと、学問や教養、物の名前などは覚えていた。

医師の話によると、クローディアの記憶が戻るかどうかは分からないそうだ。本人が思い出すことを強く拒否しているので、無理に思い出そうとすると体調に異常をきたすこともあると。

私個人としては、クローディアには記憶を取り戻してほしい。でも思い出すことで彼女が苦しむのならば、このままのほうがいいのかもしれないとも思ってしまう。

『今まで親しかった人と話すことも、記憶を戻す鍵になるかもしれません』

——彼女の中で私は「親しい人」だったのだろうか。

今更そんなことを言っても意味がないのは分かっている。彼女は婚約破棄を望んでいた。私を「足枷」だとも言っていたのだ。

——私と話せば記憶が戻るだろうか。

そんなわけないだろう。それでも、そうならいいのに、と醜くも何かに縋りたい想いが溢れてくる。クローディアが噴水に突き落とされた時、柄にもなく焦りに駆られ、彼女以外のことは何も考えられなくなった。頼むから無事でいてくれと。そして今も——

「はぁ……」

自分の情けなさに、自嘲混じりのため息が漏れた。


見舞い用の花束を手に、ぎこちない歩みでその部屋の前に立ち、ノックをする。

「クローディア、入ってもいいいか」

「はい」

なるべく明るい表情を作り、扉を開ける。

「まあ、ジルベルト殿下！　ご機嫌よう」

「ああ」

「こんな姿で申し訳ありません。皆様何故かわたくしをベッドから出してくださらなくて……」

「いや、気にしなくていいよ」

クローディアのベッドの傍らの椅子に腰を下ろす。

「調子はどうだ？」

「皆様同じことをわたくしに尋ねますのね。わたくしは大丈夫ですわ！」

「そうか、それならいいんだ」

ふと、クローディアに異変を感じる。

――何かがいつもと違う。

「殿下？」

考え込んだ私にクローディアが心配そうに声をかける。

――そう。心配そうに。

「⁉」

異変の正体に気づき、思わずガタンと音を立てて椅子から立ち上がった。

「ど、どうかしましたか？」

クローディアが、笑っている。大笑いとまではいかないが、クスッと頬を緩めた柔らかな表情で。

「クローディア……」

かわいい……

まるでその場に花が咲いたかのようだった。今まで一度も彼女の笑顔を見たことがなかった。

原因は分かっている。記憶を失っているからだろう。

ということは、きっと昔はクローディアにも感情と呼べるものがあったのだろうが、何かのきっかけで失ってしまったのだろう。だが、今回はその「きっかけ」もろとも忘れているため、感情らしきものが戻っている。そう考えるのが妥当だ。

しかし……

違和感がすごい。老若男女誰もが認める美貌を持ちながら、誰に対しても決して笑わないのがクローディアだった。正直、私も長年その認識でいたため、突然笑われるとその可愛さに見惚れそうになりながらも、『これは本当にクローディアなのか』とどうしても思ってしまう。

「クローディア、私と君の関係は分かるかい？」

何とか自分が知っているクローディアである確認を取りたくて、あえて婚約の話題を出した。

「わたくしと殿下の関係、ですか？」

「分かる限りでいいんだ。教えてくれないか」

「ええ、分かりました。わたくしが知る限り、わたくしは殿下の婚約者候補の一人で、……あれ？それで……」

クローディアは何とか答えを出そうと考えるが、どうにも記憶があやふやなようだ。自分が知っていることと本能が告げることに、矛盾が生じている気がしてならない、といったところか。

「それ以上は分からない、か」

「申し訳ありません……」

「いや、いいんだ」

「ところで殿下、わたくしはどうして王宮の一室にいるのでしょうか？　ベッドから起きてはいけないのですか？　寝ていても特にやることがなくて少々暇で……。体には異常は見られないですし、普通なら学園に通っているはずですよね？」

確かにそうだった。安静にしていなければならないと思い込んでいたが、記憶に異常がある以外は特に問題ないと医師も言っていた。

クローディアに度を超えた嫌がらせをした令嬢たちも今は処分を受け、学園にはいない。クローディアが学園を休む理由はない。

「クローディアは学園に行きたいかい？」

「行きたいか、と問われると分かりませんが、友人を作りたいです」

友人ができることを想像したのか、フワッと微笑んだ。

だが問題はある。クローディアが記憶を失っていることはまだごく少数の人間にしか知られていない。このことが広まれば、彼女の婚約者としてのポジションを奪おうとする人間によって、今回のようなことがまた起きる可能性もある。

片付けようとしてもどうにもならない問題ばかりだ。それでも、私がなんとかしないといけない。今度こそ、クローディアを守るために。


王宮の応接室。そこには私とアラン、メイドのエマ、メアリ嬢の四人が集まっていた。

「皆、忙しいのに集まってくれてありがとう。クローディアのことについて話があるんだ」

「いいえ、お嬢様のことなら私は、いつどこにいても駆けつけますわ」

「私もです！　クローディア様は私の大切な方です。お役に立てるのでしたらなんなりと！」

治療に当たった人間以外には、クローディアが記憶を失っていることは知らされていない。彼らにも厳しく箝口令を敷いている。

「メアリ嬢、君はクローディアとずいぶん仲がよかったと聞いている」

「はい。少なくとも私は、クローディア様のことを大切な友人だと思っております」

「そうか……。この話を聞くことは、もしかしたら辛いかもしれない。聞きたくなければ、ここで退出してくれても構わない」

「そんなこと絶対にしません。クローディア様は私の大切な方です。何があろうと受け入れます」

メアリ嬢は力強く言った。

私がメアリ嬢に対して抱いていた印象は「大人しい」だけだったが、人は見かけによらないものだ。彼女は強い信念を持った令嬢だった。

「……クローディアは記憶を失くしているんだ。人に対しての記憶全てを。メアリ嬢のことも」

「……っ⁉」

メアリ嬢は一瞬言葉を失ったが、すぐにまっすぐな視線を取り戻し、力強く私を見た。

「いいえ、うじうじ考えていても意味はありませんね。それで、どうして私をお呼びになったのですか。何か理由がおありだと思うのですが」

驚いた。少なくとも涙するだろうと思っていたが、彼女は瞬時に立ち直り目的を聞いてきた。かなりのショックだろうに、前を向く姿勢には感服した。

「理解が早くて助かる。クローディアは学園に行きたがっているようなんだ。それ自体は悪いことではないのだが、記憶を失くしていることを周囲に知られるといろいろとまずい。メアリ嬢には、学園での様子を見て、クローディアのフォローをしてやってほしいんだ。同じクラスの友人である君なら、異変に気づきやすいだろう」

「承知しました。私にお任せください」

メアリは即答した。

「ありがとう。何かあれば私かアランにすぐに報告してくれ。エマ、君も公爵邸でクローディアに少しでも異変があればすぐに言ってくれ。私も動く」

「かしこまりました」

クローディアを学園に通わせるのは心配でたまらない。記憶を失ったきっかけがきっかけなだけに、また負の感情に呑まれてしまう可能性はある。それでもクローディアの希望を叶え、普通に過ごせるようにしたい。難しいことだろうが、できる限りそうしたい。

その場にいた皆で、全てがいい方向に向かうことを願った。


学園に復帰することが決まると、本人はかなり喜んでいた。

『学園！　行けるのですね！　とても楽しみですわ！』

行ってほしくないという気持ちがないといえば嘘になるが、美しい笑みを浮かべるクローディアを見て、これでよかったのだと自分に言い聞かせる。

今回の事件を受け、学園の警備の強化を行った。内部調査の結果、学園という身分がない場所を逆手に取った度の過ぎた嫌がらせや憂さ晴らしは、クローディア以外の生徒に対しても横行していたことが発覚した。今までがあまりにもお粗末すぎたのだ。また、問題のある教師たちもまとめて処分した。問題は山積みだが、王太子の力で解決できることならなんでもするつもりだ。

私自身もクラスは違うが、できる限りクローディアの側にいるつもりだ。

――もう、クローディアを傷つけない。

◇◆◇

わたくしは眼前に広がる巨大な建物に目を奪われていた。

「なんて大きいの……」

知識として知ってはいたが、実物を見るのは初めてだった。

「お嬢様、ご存知かとは思いますが、この学園にはこの国の貴族令嬢、令息方が集まっています。お嬢様もこの学園の一員として教育を受けることになりますが、リラックスしてお過ごしくださいね。もし何かあればすぐにおっしゃってください」

「エマ、あなたは心配性ね。大丈夫、勉強するだけよ。公爵令嬢として、一人の貴族として、恥ずかしくないように精一杯学ぶわ」

「決して、無理はしないでくださいね」

「ええ」

「行ってらっしゃいませ……」

心配そうなエマに見送られながら、巨大な門をくぐる。

「おはようございます」

すぐに一人の令嬢が声をかけてきた。

「メアリと申します。失礼でなければ、教室までご一緒させていただいてもよろしいですか？」

わたくしは目を見張った。まさか登校初日に声をかけてもらえるなんて思ってもいなかった。大人しそうな印象のメアリ様は、ドキドキした様子でわたくしの返事を待っている。わたくしは嬉しくて仕方がなかった。

最近、何かを思い出そうとするとぼんやりとすることが多い。それでも生活に支障をきたしているわけではないから気にしていないのだが、メアリ様に不思議な既視感を抱いた。エマに対して抱いた既視感によく似ている。だが、やはり考えようとしても分からなくなる。

「もちろんですわ。よろしくお願いします」

初日からいろいろ考えても仕方ない。目の前の学園生活を楽しもう。

「はい！」

わたくしが返事をすると、少し不安げだったメアリ様の瞳にパッと安堵と喜びの色が見て取れた。

――どうして、そんなに安心しているのかしら。

声をかけて断られることが怖かった、と考えられないこともないが、それにしてはどこか不自然だった。その時、始業のベルが鳴り、わたくしたちは慌てて教室へ向かった。

新任だという教師の授業は分かりやすく和やかに進み、わたくしは深い安心感に包まれていくのを感じた。何故安心するのかは分からないが……

お昼時。わたくしはメアリ様と食堂に来ていた。

そこにジルベルト殿下がやってきた。

「殿下は普段は食堂で昼食を召し上がるのですか？」

「いや、今日は特別だ。クローディアは今日が初めての登校だから、緊張しているのではないかと思ってね。慣れるまでは一緒にいようと思って」

「まあ、お気遣いありがとうございます。ですが……わたくしはよろしいのですが、周りの方から誤解されてしまいませんか？」

「問題ないよ。学園にいる限り私たちは平等だし、同じ一人の生徒だ。生徒同士が交流しているだけだから大丈夫だよ」

「そうなのですね。わたくしまだ慣れていなくて……」

俯くわたくしに、殿下は「焦らなくて大丈夫だよ」と声をかけてくれた。優しい方だ。優しい方々に囲まれて、わたくしはとても幸せだ。

◇◆◇

気になる……

とても気になる。

わたくしは学園に通い始めてから特に問題を起こすこともなく、目立つわけでもなく、ただただ静かに暮らして来た……つもりだ。

なのに、最近周りから妙に視線を感じる。

それは決して害意を含んだものではないのだが、なんだか全身がむず痒くなるような、本能的に誰かにずっと見られていると感じる視線だ。

それも一人ではなく複数から。

——集中できないわ。

それはごく平凡な授業中、またある時は廊下を歩いている時、またある時は食堂で。

とにかく学園にいる時はいつでも、だ。

しかし感じるのは視線だけで、直接何かをされたわけでもなく、正直どうすることもできない。

でもこうも毎日毎日見られていると、気になって授業に集中できない。

——殿下に相談してみようかしら……

殿下なら力になってくださるかもしれない。でもご迷惑かもしれないわ。

殿下は、流石は王族、と言ったところか、成績優秀、眉目秀麗、おまけに優しくて誠実な方だ。……時々チラチラとわたくしのことを見ていることは気になるが。

それに今は本当に忙しそうなのだ。これは数日前のこと——

「クローディア、学園に来て早々すまないが、一つ知らせておかないといけないことがあるんだ」

「知らせておかないといけないこと、ですか?」

最近あったことといえば、隣国セレスタイトから使節団が来ていた。

「セレスタイト国からの使節団が来ていることと何か関係が……?」

「話が早くて助かる。実は、そのセレスタイトのリーラ王女のことなのだが……」

リーラ王女。ここ数日話題となっている人物だ。その名は、今では知らない者はいないのではないだろうか。いい意味でも、悪い意味でも。

暴君王女――彼女のことをそう呼び始めたのは、誰だろうか。わたくしはあくまでも噂しか知らないが、見た目の可愛らしさとは対照的に、それはそれは良い性格をしていると聞いた。

「リーラ王女がどうかされましたか？」

「……サードニクスの、この学園に通ってみたい、と」

「それをどうしてわたくしに？」

「いや、クローディアに何かしてほしいわけではないが、何せ王女だから、先に知らせておかないとと思ってね。さすがに他国で騒ぎは起こさないだろうが、相手が相手だから一応気をつけておいてほしい」

まだ直接会ったことはないが、その話題のリーラ王女が学園に通い始めるようで、王族である殿下も対応に追われ、いつも以上にバタバタとしていて大変そうだった。

それに比べると、わたくしの悩みはただの視線。仕事を増やしてはいけないわね。

それよりも、殿下に言われた通り、リーラ王女の行動に注意をしないと。わたくしに何かできるわけではないが、無駄な争いを避けるためにサードニクス王国筆頭公爵令嬢としてできることをしなければ。何もなければいいのだけれど……

何もないことを願っていたが、やはり現実は思い通りにいかないものだ。

今ちょうど目の前にいる人物に、わたくしは思わずため息が出そうになった。

「ご機嫌よう。わたくしのことはもちろんご存知よね？」

向けられる視線に込められているのは、興味なのか敵意なのか、はたまたそれ以外の何かなのか。

とにかく急に現れて急に話しかけてきたこの方は、紹介するまでもないだろう。

「ご機嫌よう、リーラ・エル・セレスタイト王女。わたくしは」

「知っているわ、クローディア」

……自己紹介をする間もなく、言葉を遮り名前を呼ばれる。

「ふーん、あなたがサードニクスの筆頭公爵令嬢なのね。……なんだか噂とは違うようだけど」

噂が何か分からないが、この見定めるような視線は居心地が悪い。

リーラ・エル・セレスタイト王女は、金に近いミルクティーベージュの髪の前髪を編み込んだボブヘアに、アメジストを彷彿とさせる紫色のきつめの印象の瞳。美しく、それでいて可憐な顔立ちで、一見暴君と言われても信じがたい見た目だ。数種類の布を組み合わせたような服に金の装飾。異国情緒溢れる服装だ。セレスタイトの騎士だろうか、青年が一歩下がった場所で待機している。

——噂通り、なのかしら。

所作は美しく整っているが、その言動はというと、あまり褒められたものではなかった。

「わたくしに何かご用でしょうか」

高圧的な態度に屈しないように、少し強めの口調で聞く。まさかこんな唐突に声をかけておいて用がないわけではないだろう。

「用？　特にないけど。あなたがいたから声をかけた、それだけのことでしょ？」

……用はなかったようだ。

「リーラ王女、お言葉ですがわたくしは暇ではありません。声をかけていただくことは光栄ですが、次は何か用がある時にしてください」

わたくしはちょうど教室移動の途中だった。つまりは休み時間中であり、もうすぐ次の授業があるということだ。急いでいる時に礼儀をほとんど弁えずに突然声をかけられ、しかも用がなかったと言われれば不機嫌にもなる。相手は王女殿下だが、この学園にいる限り一生徒にすぎない。今回は同級生として注意をしたのである。

「……」

わたくしがそう言うと、リーラ王女は何故か急に黙り込んで瞬時に無表情になると、何も言わずに踵を返してその場を去って行った。

◇◆◇

「もうっ！　どうしてよっ！」

学園の隅で一人の少女が声を荒らげた。

「殿下、落ち着いてください」

隣にいた騎士が宥めようとする。

「黙ってくれる？　あなたに何が分かるのよ」

リーラはギリッと爪を噛んだ。

声をかけたのは、彼女の護衛騎士兼セレスタイトからの使節団の一人、エイダンだ。亜麻色の髪をセンター分けにし、柔らかな笑みを浮かべている。いかにも不機嫌です、というオーラを醸し出しているリーラの様子にふぅ、とため息をついた。イライラした様子でカツカツとヒールを鳴らしながら歩いていくリーラの背中を追いながら、自分の主人の不器用さを再度認識する。

「黙りませんよ。小さい頃からの付き合いじゃないですか」

リーラとエイダンは幼馴染で、幼い頃から一緒に育ってきた。

「そういうのが不愉快なのよ。わたくしが邪魔だって言ってるの。さっさとあっちに行って。一人にして」

「そう言われましても……護衛ですから。離れるわけにはいかないことくらいお分かりでしょう」

「ならせめて黙ってて。耳障り」

「はいはい、分かりましたよ」

ひらひらと手を振りながら返事をする。

次はやっぱり――

いえ、もっとこうしたほうがいいかしら――

何かぶつぶつと一人で悩むように呟きながら歩く主人兼幼馴染の姿に、エイダンはやれやれといった表情で少し後ろからついて行った。

◇◆◇

「クローディア！　クローディア！」

リーラ王女が何度もわたくしの名前を呼びながら、小走りでこちらにやって来る。

「……リーラ王女、何かご用ですか。何もないのでしたら失礼しますよ」

「よ、用ならあるわ！　これを見なさい！」

リーラ王女の手には、大きな宝石がいくつか握られていた。

「す、素晴らしい宝石ですね」

「そうでしょう！」

正直、リーラ王女が何をしたいのか全く分からない。一番無難そうな返事をしてみると、彼女はパッと無邪気に笑い、何故か大喜びしている。

リーラ王女に最初に話しかけられてから、今日で何日目だろうか。なんだかんだとあれから毎日こんなふうに声をかけられている。用がないなら声をかけないで、と言った次の日から、本人曰く「用件」を作り、やって来る。少しきつく言いすぎたかな、と後悔していた自分が懐かしい。

「引き止めて悪かったわね、用はそれだけよ」

「……はい」

……本当に、何がしたかったのだろうか。

話しかけられること自体は別に嫌ではないのだが、こう何度もよく分からない用件で話をするのは疲れる。リーラ王女の後ろにいる護衛騎士に視線を送っても、にっこりと微笑まれて終わる。

満足そうに去って行くリーラ王女の後ろ姿を眺めながら、わたくしは何度目か分からないため息をこぼした。


「クローディア様、少し席を外してもよろしいですか？　先ほどの教室に忘れ物をしてしまったみたいで……」

授業間の休憩時間に、メアリ様が申し訳なさそうに忘れ物をしたことを告げる。

「もちろんです。わたくしも一緒に行きましょうか？」

「いえ、もう少しで授業が始まってしまいますので……。万が一クローディア様も遅刻となってしまってはいけないので、私一人で取りにいってきます。すぐに戻ります」

「ええ、分かりました。それではこちらで待っていますね」

「すみません、行ってきます」

メアリ様が小走りで教室から出ていく。

いつもと同じ席を取って待っていよう。窓際の明るい席。メアリ様の荷物も一緒に持ち、席へと向かおうとしたその時。

「っ……」

向かいから歩いてきた三人組の令嬢のうちの一人と肩から強くぶつかってしまった。それなりに勢いよくぶつかったせいで、持っていた荷物がバサバサと音を立てて床に落下した。

「すみません、大丈夫ですか？」

相手のほうも痛かっただろう、と声をかけたが返事がない。

「……クローディア様でしたのね。はぁ、私の袖にほつれができてしまいましたわ。もっと気をつけて歩いてくださいまし。ジルベルト殿下がいないと前を見ることもできませんの？」

話したこともない方なのに、何故敵意を向けられているのか分からない。

「早くそこをどいてくださいまし」

別の令嬢がしびれを切らしたようにわたくしの体に触れようとしたその時――

「謝ったらどうかしら」

凛とした声がすぐ後ろから発せられた。

「あ、あなたはっ……！」

「リーラ王女っ!?」

「……ねぇ、聞いてるかしら。あなたたちに一体何の権利があってクローディアを邪険に扱っているかは知らないけれど、さっきのは軽い事故みたいなものじゃなくて？　クローディアはすぐに謝罪の言葉を口にしたわ。……で、あなたたちからは何もないの？」

さすがは一国の王女と言うべきか、有無を言わせぬ圧がある。

「で、ですがクローディア様がぶつかったせいで、私の服の袖がほつれて……」

「あなたの家はその服のほつれも直せないような家なのかしら？　その程度の裁縫、わたくしにだってできるわ。よければやってさしあげてもいいのよ？」

「い、いえっ！　お気持ちだけで結構ですわ!!　王女自ら直していただくほどでは……」

慌てふためく彼女たちを尻目に、リーラ王女が小さくため息をついた。

「わたくしだって無関係な第三者。あなたたちの間に何があるかなんて知らないけれど、少なくとも先ほどの接触に関しては、お互い謝れば済むことでしょう」

「も、申し訳ありませんでした」

「それは誰に謝っているの？　……あなたは謝る相手も分からないのかしら」

「申し訳ありませんでした、クローディア様。服のほつれも気にしないでくださいっ……」

令嬢たちがばたばたと足音を立てて教室の隅の席に移動していった。

「ほらこれ、クローディアのでしょう？」

パッと荷物を手渡される。リーラ王女の護衛の方が拾ってくれていたようだ。どういう風の吹きまわしか、リーラ王女が仲裁に入ってくれたおかげで平和に事を収めることができた。ほっとして、心からのお礼の言葉を告げる。

「ありがとうございました、リーラ王女！」

「っ！」

リーラ王女は、わたくしの笑顔に一瞬驚いたような顔をしたものの、すぐにフンッ！　と顔を背けて、そのままわたくしたちの少し後ろの席に座った。

暴君、リーラ王女。実際よく分からない行動をすることも多いけれど……素直ではないだけで、悪い方ではないかもしれないわ。そう思っていたのだが――

「それで、リーラ王女には本当に何もされていないのだな？」

「はい」

もはや定番となった、昼休みのジルベルト殿下との食事。

最近のリーラ王女との出来事を話してみると、何度もそう聞かれた。今のところ本当に何もされていないのでそう答えるしかないのだが、どうしてそう何度も聞くのだろうか。

「リーラ王女には、今回の使節団とともに王族として対応しているが……」

殿下は急に言葉を濁した。

「噂を聞いて覚悟はしていたが、本当にわがままなんだ……。私たち王族ですら対応に困ることもあるし、友好関係を保つための使節団だから無碍にもできなくてね」

「わたくしは今のところ大丈夫です。王女が何をしたいのかはよく分かりませんが……」

リーラ王女が話しかけてくる時は何故か必ずわたくしが一人でいる時で、メアリ様と一緒だと遠目でチラッと見てくるだけで声はかけてこない。

「メアリ嬢からクローディアが何度もリーラ王女に話しかけられていると報告を受けて、どうしても心配だったんだ。……何かあってからは遅いからね。クローディアも小さなことでもいいから、何かあれば相談してくれ」

「ご心配していただきありがとうございます。それでは、本当に小さなことなのですがよろしいでしょうか」

「ああ」

「気のせいかもしれませんが、最近いろいろな方に見られているような気がするのです」

「あー……」

殿下は困ったような表情を浮かべた。

「それは特に気にしなくてもいいと思うよ」

「……？　分かりました」

殿下は何かご存じなのだろうか。分からないが、私に聞かせるべき話ではないのかもしれない。

そのまま話は流れ、わたくしたちは楽しく食事を続けた。


「……あの……」

わたくしは目の前でバチバチと音がしそうなほど火花を散らしている二人を見て、困り果てていた。

「クローディア、黙っていてくれる？　この方と決着をつけなくてはいけないの」

「クローディア様、これだけは譲れません。手出しは無用です」

どうしてこんなことになったのか……。それは数分前のこと。

「クローディア様、最近リーラ王女に付き纏われているようですね。言いづらいのでしたら、私からはっきり止めてくださいと申し上げましょうか？」

「メアリ様、心配してくださるお気持ちは嬉しいのですが、わたくしはリーラ王女が噂ほど悪い方には思えないのです。皆様、リーラ王女を誤解しているのではないでしょうか……」

「クローディア様、クローディア様はリーラ王女のことをずいぶん甘く見ておられます。リーラ王女はわがままで傲慢さの塊のような方です。現に私は数日前に、クローディア様と釣り合っていない、といきなり言われました」

「リーラ王女が？　本当にそうおっしゃったのですか？」

「はい」

「信じられないわ……。そんなことを口にするような方には思えないのに……」

「そうよ！　その女の話を信じてはいけないわ、クローディア」

朗々とした声に後ろを振り向くと、リーラ王女がヒールをカツカツと鳴らし近づいてきた。

「あなた、メアリとか言ったわね。わたくしの注意も聞かずに、懲りずにクローディアの側をうろつくんじゃないわよ」

突然の超上から目線な発言にメアリ様が眉根を寄せた。

「リーラ王女、私がクローディア様の側にいることは私の自由です。それをあなたにとやかく言われる謂れはありません。あなたこそクローディア様をつけ回すのは止めてください。もはやただのストーカーですよ」

「あなた、王女に向かってその口の聞き方は何？　立場というものが分からないのかしら」

「リーラ王女こそ、ここがどこだかお分かりですか？　身分制度のない学園ですよ。本来ならばここでは私はあなたのことを『リーラ王女』と呼ぶ必要はないのです。ですが一応の礼儀をと思い王女とお呼びしていることを、何を当たり前のように？」

こ、怖い。

二人の目の全く笑っていない笑顔ときたら、なんと恐ろしいことだろうか。というかこの二人の争いのきっかけが分からない――ということで今に至る。

「伯爵令嬢ごときがサードニクス筆頭公爵令嬢のクローディアと親しくすること自体、間違っているのよ。学園から一歩でも出ればわたくしたちは王女と公爵令嬢、伯爵令嬢になるわ。わたくしとクローディアが話すのは当たり前のこと。それに比べて、一伯爵令嬢にすぎないあなたがわたくしたちと対等に話そうなんて高望みもいいところね」

勝ち誇った笑みでフンっと鼻を鳴らすリーラ王女。しかしメアリ様も一歩も引かない。

「友情に爵位は関係ないと思います。身分に囚われてわがまましか言えないなんて可哀想な方ですね」

「……なんですって？」

だめだ。二人の言っていることはどちらも一理あるが、言い方に棘がありすぎる。

「リーラ王女、メアリ様、こんなところで言い争いをしては周りの皆様が驚かれます。ば、場所を移しましょう！」

とりあえず通路のど真ん中で、しかもこの面子で言い争うとどうしても注目されてしまう。

「そうね、流石クローディア。周りのことをよく見ているわね。どこかの誰かさんとは大違いだわ」

「それは一体誰のことを言っているのでしょう」

「さあ、誰のことかしら」

……とにかく、この二人の争いの原因の究明と解決が最優先事項ね。

一向に争いを止める気配が見えない二人を一旦離して、ひとりずつ話を聞くことにした。

◇◆◇

「メアリ様、どうしてあんなにムキになるのですか？　メアリ様らしくありませんわ」

「クローディア様……。お見苦しいところを見せてしまって申し訳ありません。私はただ、心配なのです。あの王女と一緒にいてはまた……」

「また……？」

「い、いえ！　とにかくあの王女といていいことはないと思います。それにクローディア様にはジルベルト殿下にアラン様、私がいるじゃないですか！　無理にあの王女と一緒にいなくてもいいのです。きっと悪影響しか受けませんせん」

メアリはクローディアが記憶を失う前のことを話しそうになり、とっさに取り繕った。無理に思い出させることはしてはいけないが、どうしても今までのことを話そうとしてしまう自分がいる。

それに、今までこんなことは考えたことなどなかったのに、クローディアが他の人と仲良くしているところを見ると胸の奥から黒い感情が沸きそうになる。これが嫉妬であることは分かっていた。

今までの誰とも違う。学園の中でも外でも身分を気にすることなく接してくれ、伯爵令嬢としての自分ではなく、一人の人間として接してくれたクローディアはかけがえのない大切な友人だ。

元々友人が多いほうではなかったメアリは、クローディアがいなければ一人になってしまう。

――そんなのは嫌！

クローディアと離れることも、また一人になることも。

「メアリ様、そんなに考え込まないでください」

そんな気持ちを知ってか知らずか、クローディアは天使のような笑みを向け、優しく言った。

「クローディア様は、私とこれからも仲良くしてくださいますか……？」

「……？　ええ。メアリ様は、わたくしの大切な友人ですもの」

一番欲しい言葉だった。

その言葉を聞いたメアリの目元にうっすらと涙が浮かんだ。

◇◆◇

「リーラ王女、どうしてメアリ様にあのようなことをおっしゃるのですか」

「ふんっ！」

クローディアがメアリを庇っているように聞こえて、リーラはそっぽを向いた。

今回学園に入ったのは単なる興味で、他国の学園に通ってみたかっただけだ。暴君、わがまま、自分勝手な王女なんて噂が流れてから、セレスタイトの学園でリーラに近づく者はほとんどいなかった。元々難のある性格だったリーラは、避けられ始めてからそれを更にこじらせた。何を言っても眉をひそめられ、何をしても誰からも認めてもらえなかった。

どうしてクローディアに声をかけたのかと聞かれれば、答えはひとつだった。

——友達に、なりたい。

最初は、人形と呼ばれた令嬢に少し興味があっただけだった。どんなものか一目見てみようと思っただけだった。でも、彼女は噂と違っていた。普通に笑って、普通に暮らしていた。勝手な噂を立てられて敬遠されてきたリーラは、クローディアは自分と同じではないか、と思った。彼女も噂のレッテルを勝手に貼られた「仲間」ではないか、と。

クローディアは唯一先入観なく接してくれた。さっきも、リーラはそんなことをする人間ではないと庇ってくれた。でもリーラが憧れた立ち位置には、すでにメアリがいた。

——邪魔、あなたに私たちの気持ちは分からない。あなたはそこにいるべきではないのよ。

「リーラ王女……いえ、リーラ様」

「——！」

「リーラ様、どうしてこちらを見てくださらないのですか？　これでは話ができませんよ」

クローディアがそっとリーラの手を取り、振り向かせるとそう言った。

「クローディア……」

「はい」

「……ごめんなさい」

「え？」

「あなたとメアリの仲を壊そうとしてごめんなさい！　あなたの優しさに甘えてごめんなさい！　きっと邪魔だったわよね……。わたくしはただ……あなたと一緒にいたいだけなの……。素直にならなくちゃ仲良くなれないと分かっていても、口から出る言葉はトゲのあるものばかりで……そんな自分に腹が立って、それの繰り返しで……」

「リーラ様……落ち着いてください」

「どうして……わたくしはいつも……！」

いつもの強気な表情を崩して、リーラは幼子のようにぽろぽろと涙をこぼした。

「リーラ様、どうか泣かないでください。わたくしはリーラ様のことを邪魔だなんて思ったことはありませんわ。最初は確かに戸惑いましたが、毎日リーラ様の明るい顔を見ているとわたくしの気持ちまで明るくなります。リーラ様の笑顔には人を元気にする力があるのですよ」

「……本当に？　クローディアは、わたくしのことを邪魔だって思わない？　嫌わない？　離れていかない？」

「もちろんですわ」

次の瞬間、リーラはクローディアに勢いよく抱きついた。

「リーラ王女は幼い頃から事情があり、周囲に避けられてきました。孤独な方なのです」

クローディアが振り返ると、そこにはいつもリーラを護衛している青年がいた。

「リーラ王女の護衛騎士、エイダンと申します。……リーラ様の幼馴染です」

最後にこそっとそう囁いた彼に、リーラがキッと鋭い目を向けた。

「余計なことはしゃべらなくてもいいわエイダン。というかしゃべらないで。これは命令よ。クローディア、エイダンの話は聞かなくてもいいわ」

「そんなぁ」

これは日常的なことなので、エイダンは軽く笑ってリーラの言葉を受け流した。

そして下がり際に、またこそっとクローディアに囁いた。

——リーラ様をよろしくお願いします、と。

◇◆◇

「クローディア様、リーラ王女……」

リーラ様が落ち着いたことを察したのか、メアリ様がこちらに走ってきた。

「メアリ様……！」

「リーラ王女、先ほどは申し訳ありませんでした……」

メアリ様はまっすぐな、でも少し怯えを滲ませた翡翠色の瞳をリーラ様に向けた。

「私、クローディア様が他の方と仲良くなって、私が捨てられてしまうのではないかと不安だったんです。そのせいで八つ当たりのようにリーラ王女に酷いことを言ってしまいました」

リーラ様は静かにメアリ様の言葉に耳を傾ける。

「クローディア様が、先ほど私のことを大切な友人だとおっしゃいました。すごく嬉しかったんです。それで分かりました。お互いが相手を大切だと思えたら、それはすでに友人なんです」

「メアリ……」

「さっき言い争ったばかりなのにこんなことを言うのは変かもしれません。でも……私と、友達になってくださいませんか？」

「え？　あっ……その……あ、あなたがどうしてもって言うならっ」

「こほん！」

後ろに控えていたエイダン様が、いつの間にかリーラ様の側に来て軽く咳払いをした。

「殿下」

「うう……」

「？」

よく分からない関係の二人を見て、返事を待っているメアリ様は混乱している。

「……こちらこそお願いしますっ！」

吹っ切れたのかなんなのか、顔を真っ赤にしてリーラ様は答えた。そこには暴君らしさは欠片も感じられない、可愛らしい一人の少女がいた。

「わたくしたちは、皆、友達ですわ。今までも、これからも」

◇◆◇

「……それで、君たちはどういう関係なんだ？」

私は目の前の光景が信じられなかった。つい先日まで火花をバチバチと散らしていたメアリ嬢とリーラ王女がニコニコと穏やかに笑っているだけでなく、何故かクローディアまで二人と一緒にいるのだ。夢でも見ているのではないかと自分の目を疑う。

「ジルベルト殿下、わたくし」

「わたくしたち三人は、とっっっても仲の良い友人ですわ！」

クローディアが答えようとしたが、リーラ王女が食い気味に反応し、自慢げに答えた。

「えっとですね、つまりいろいろあって、私たちは仲良しになったんです」

……メアリ嬢が補足説明らしきことを言ったが、正直よく分からない。いや、本当に何があったんだ。

状況だけを見ると、この三人は友人になったのだろう。誰が見てもそう分かるほど仲の良さげな様子は、私が知る三人の印象と違いすぎて混乱するばかりだ。

この三人はこんな性格だったたか……？

リーラ王女はこんなに無邪気な笑顔ができる方だったのか。メアリ嬢は意外にも少々大雑把なところがあるようだ。そして——クローディアは、こんなにも柔らかな笑顔を見せるのか。

政治的に考えると、隣国セレスタイトの王女とサードニクスの王太子の婚約者が友好関係を築くことは喜ばしいことと言えるだろう。私個人としてはリーラ王女と記憶を失った状態のクローディアが過度に接触することは避けたいのだが、本人たちがこうも楽しそうではそうもいかない。

「それはそうと、殿下はどうしてここに？」

クローディアがふとこちらに目を向け、ふんわりとした笑顔で問いかけた。

きっと無意識であろうその表情に、心が乱された。記憶を失った彼女に密かに募らせた想いを伝えてはいけないと分かっているのに、眩しすぎる笑顔に揺らぐ。

「い、いや。クローディアが最近リーラ王女と親しいと聞いてね。様子を見に来ただけだよ」

「そうでしたか……、それならばよろしいのです。もしも重要な用件がおありならいけないと思っただけですから」

クローディアはまた優しく微笑んだ。

——ああ、どうしてそんなに美しいんだ。

その時突然、リーラ王女がじとっとした視線をこちらに送った。

「ちょっと。ジルベルト殿下」

「どうしました？　リーラ王女」

「ちょっとこちらにいらっしゃって」

「？」

すぐ側の木陰に連れて行かれる。リーラ王女は私を鋭く睨んだ。

「ジルベルト殿下は、もしかしなくてもクローディアのことが好きなのでしょう？」

前置きを全て吹っ飛ばして本題を投げ込んできた。

「なっ……！　どうしてそれをっ……いや、そ、そんなことは……」

「ない、と言い切ってよろしいのですか？　本当の本当に？」

「それは……」

「わたくしが言うのもなんですが、クローディアは美しく聡明で優しいわ。好きなら好きと言ってしまわないと、どこかの馬の骨に取られるわよ。現にクローディアはあなたのことはなんとも思っていないようですし」

「分かっている……」

そんなことは分かりきっているのだ。

しかしリーラ王女はクローディアが記憶を失っていることを知らない。そんな彼女から見れば、私の行為は中途半端で自分勝手な自己満足にしか見えないのだろう。

「何か言ったらどうかしら」

なんとかしたいのに何もできない。ジレンマに打ちひしがれた。

「はぁ……。王太子殿下ならもっとまともな方かと思いましたのに。単なるヘタレですのね。婚約者であれば、どのみち自分の伴侶になるから関係ないと？　つくづく拍子抜けですわ。それでも男なの？」

「……」

リーラ王女に返す言葉もない。

「……それとも他に何か理由でも？」

私は言葉に詰まった。クローディアの記憶喪失のことは現段階では最重要国家機密だ。それでもリーラ王女が言っていることは間違いではない。自分が婚約者の地位にいるから最終的には何もしなくても夫婦になることに胡坐をかいて、クローディアの記憶がないことを理由に逃げてきた。

「他の理由がないといえば嘘になる……。しかしそれをあなたに言うことはできない。これは我が国の事情だ」

「わたくしとて一国の王女。貴国に特別な理由があることは理解します。しかしそれとこれとは違います。クローディアとのことはあなた個人の問題ではなくて？　どのような理由があるかは存じませんが、あなたが行動を起こさないと何も変化しないわ。それをよく覚えておいて」

「リーラ王女、私はどうすればいい……」

「そんなことわたくしが知るわけがないでしょう？　わたくしは早くクローディアの元に戻りたいのだけれど。……強いて言うなら、そのようにすぐに他人に頼ろうとする根性のなさを変えることからですわ。まぁ、クローディアのためなら相談に乗ってあげることもなくはないですが。あくまでクローディアのためですけど」

リーラ王女はさらっと嫌みを含んだ口調で返すと険のある雰囲気を消し去り、満面の笑みでクローディアのもとへ戻って行った。

的確な状況判断と、人の表情から考えていることを読む力……リーラ王女はいろいろ言われているが、実はかなり優秀な人物なのでは？

違う違う！　今はそんなことはどうでもいい！　まずはクローディアに婚約者であることを伝えるべきか……。いや、もっと親しくなることからだな。学園外でももっと二人で話す機会を作ろう。

今度の休みに王宮に招いてみようか。

そして——久しぶりの休日。無事クローディアとの約束を取りつけ、いざ会ってみた私はさっそく悶絶していた。そういえば、ちゃんと着飾ったクローディアを見るのはいつぶりだろうか。

今日のクローディアはエマ率いる公爵邸のメイドたちによって磨きに磨かれていた。明るめのシルバーの艶やかな髪はハーフアップにされ、花で飾られている。ふんわりとしたドレスを身に纏い、美しく礼をするクローディアの姿に見惚れないものはいないだろう。

「本日はお招きいただきありがとうございます」

「いや、無理やり誘ったのはこちらだ。今日は気楽にしてくれ」

まずはどこから行こうか。やはりサロンか。それとも図書館か。本好きのクローディアなら王国屈指の規模を誇る図書館を気に入ってくれるはず。しかし最初に図書館は面白みに欠けるか……？　いや、自分勝手に考えてはダメだ。クローディアに楽しんでもらえそうなところを考えなくてはいけない。

「よかったら、まずは庭園に行かないか？　この季節は花が咲き誇っていて、とても綺麗なんだ」

クローディアには花が似合うと思う。鮮やかな花が。思った通り、庭園には手入れの行き届いた美しい花々が咲いていた。

「わぁ……！　すごいですわ！　とても綺麗！」

クローディアはそっと花に触れ、慈しむような眼差しで見つめた。まるで花の女神だ。

私は手近の花を一輪手折り、こちらを振り向いたクローディアの髪にそっと挿した。

「よく似合ってる」

「あ、ありがとうございます」

ん？　今顔が少し赤くなった？　もしかして脈ありだったりするのか⁉

……いやそんなことあるわけないか。

フッと自嘲する。そうであったらいいな、という単なる自分の妄想にすぎないだろう。

◇◆◇

「あそこの丸い屋根の建物が……」

連れ立って王宮をめぐる。そうこうしているうちに日が傾きかけてきた。

「そろそろ日が暮れますね。今日はとても楽しかったです。普段見ることのできない場所を見られてとても勉強になりました」

「そう言ってもらえて嬉しい。……実を言うと、クローディアに楽しんでもらえるか心配だったんだ。その、こういったことは初めてで」

「ふふっ、とても楽しかったです。本当ですよ？　……ところで殿下、あちらの方々は……」

わたくしの視線の先にいたのは、複数の兵士と鎖で足を繋がれた男。

「あれは罪を犯した者だ。これからあの建物に移送されるのだろう」

「罪人……」

その時――わたくしの頭に断片的な映像が浮かんだ。

冷たい床、響く鎖の音、見下す声、嘲笑う声。

――誰の記憶？　これは何？

途切れることなく流れ込んでくる。冷たい湖、迫る刃、鈍い音と痛み。

――いやっ……！　何これっ、嫌よ！　こんなの知らない！　わたくしは……！

「クローディアッ！　こっちを向け！　深呼吸しろ！」

殿下がわたくしの肩を掴み、軽く揺する。怖い。体がガタガタと震える。

「……っ！　嫌っ、来ないでくださいっ」

「落ち着けっ！　私だ！　ジルベルトだ！」

なんだろう、ジルベルト殿下は安心できるのに、なのに――怖い。

得体の知れない恐怖が体中を駆け巡る。頭では大丈夫だと思っているのに、体は全く言うことを聞かない。

「殿下、わたくしっ……怖いっ」

「どうしたっ！　何が怖いんだっ!?」

「分からない……分からないの……」

その時、凛とした声が響いた。

「クローディア、どうしたの！」

リーラ様……？　どうしてここに……

「王太子殿下、これはどういうことです？　何があったのですか！」

「私にも分からない！　話をしていたら突然こうなったんだ」

「クローディア、わたくしが分かるかしら？」

リーラ様は周囲の者にてきぱきと指示を飛ばし、わたくしに尋ねた。

「リーラ……様」

「ええ、何があったの？」

「怖いのです……。でも、何が怖いのかは分からなくて……でも、何かが頭に……流れ込んでくる……」

「……分かったわ、今は疲れたでしょう。休んでいいわよ」

リーラ様の手から淡い光が出る。優しくて温かい……。わたくしはそのまま意識を手放した。

何か夢を見ていた気がする。覚えてはいないが怖い夢だった。

「ん……」

「あらクローディア、起きた？」

目を開けると、隣から聞き覚えのある声がした。

「リーラ、様？　どうしてここに……。あれ？　ここはどこ!?」

「落ち着いてクローディア。ここは王宮のわたくしが泊まっている部屋よ」

「リーラ様、わたくしはどうしてここにいるのですか？　ジルベルト殿下と歩いていて……」

「クローディア、今からいくつかあなたに質問をするわ。答えたくなければ答えなくていいの。あなたが覚えていることだけを話してくれればいいから」

覚えていること……

「分かりました」

「じゃあクローディア、今まで起きた怖いことはどんなこと？」

「……分かりません。強いて言うなら先ほど見た夢、でしょうか」

あれが夢かどうかは分からない。ただ、夢として片付けるにはあまりにも異様なものだった。

「夢？　それはどんな夢？」

「わたくしが……次期王太子妃を毒殺しようとした罪で、斬首される夢でした。感覚が妙に生々しくて痛くて……」

「そう……。どうしてそんな夢を見たのか分かる？　何か心当たりは？」

「思い当たるようなことはありません。ただ……そう、殿下と歩いていて、罪を犯した者を見た時に、急に頭に流れ込んできたのです。そして、気づいたらここに……」

「急に？　それは本当？」

「はい。ところでリーラ様、わたくしジルベルト殿下に失礼なことを……。殿下はどこにいらっしゃいますか？」

「殿下なら部屋のすぐ外よ。多分この話も聞こえているのではないかしら。ねえ？　殿下。気配を消しても、いろいろと駄々漏れですわよ。いっそのこと入ってきたほうがまだマシですわ」

少しの間の後、はあ、とため息が聞こえ、ジルベルト殿下が入ってきた。

「どうして分かったんだ。気配は消していたはずなのに」

「気配は消していたかもしれませんが、あなたのそのクローディアが心配でたまらない感情、それがもう滝のように伝わってきましたわ」

「否定はしない……」

「……殿下、あとで少しお伺いしたいことがありますが、よろしいかしら」

「ああ」

リーラ様が殿下に耳打ちするようにそっとそう告げる。その親しそうな様子に、何故かわたくしの胸がズキっと痛んだ。先ほどまでは理由も分からずただ怖いだけだったが、今殿下と目が合うと、何故か頬が熱くなる。

「クローディア、体調はどうだ」

殿下が控えめに尋ねた。

「特に異常はないように思います。ご迷惑をおかけして申し訳ありません」

「クローディアが気にすることはない。誰だって体調を崩すものだし、それぞれに事情がある」

「ですが……。わたくしは殿下の貴重なお時間を無駄にしてしまったので……。殿下には公務もおありなのに、わたくしのために先延ばしにしてしまい……」

その時、リーラ様が殿下の背中を押した。

「殿下、やはり今すぐお話してもよろしいかしら」

「……？　ああ。クローディア、すまないが少し席を外す。すぐ戻ってくるから今は休んでいてくれ」

「あの……」

わたくしは無意識に殿下の上着の端を摘んで呼び止めてしまった。

「……ク、クローディア？」

「……!?　あのっこれは……！　なんでもないです！」

自分が何をしようとしたのか分からないが、いたたまれなくなったわたくしはガバッと毛布を頭までひっぱりあげ、顔を隠した。

わたくし、どうしてしまったのかしら……！　こんなこと今までなかったのに……

◇◆◇

「王太子殿下、単刀直入にお伺いするわ。クローディアは、記憶に問題があるのでは？　たとえば……記憶を失っていたり」

何も知らないはずのリーラ王女から告げられた言葉に、私は動揺していた。

「よくよく考えるとおかしな点はいくつかあったの。実際サードニクスに来てみて、セレスタイトに届いている話とは違う点が多かったわ。主に王太子とその婚約者についてのことで」

「おかしな点？」

「ええ。王太子殿下はクローディアがなんと呼ばれているかご存知？」

「人形令嬢、か」

その返答にリーラ王女はゆっくりと頷いた。

「人形令嬢。それだけではないわ。殿下のことも」

「……私が？」

「『人形令嬢クローディアと優秀な王太子ジルベルトは、愛なんて微塵もない政略的な婚約をしている。機械のように挨拶を交わして事務的に交流を済ますその様は、誰もが敬遠するような冷たい関係だ』と。この話が事実だとすると、クローディアが人形と言われているだけでなく、殿下もクローディアに興味を微塵も持たない冷たい方だろうと推測していたわ」

「……その話を否定する資格は私にはない。認めたくはないが、過去の私はクローディアのことを知ろうともしなかった」

リーラ王女が言ったことは紛れもない事実だった。常に無表情で愛想笑いすらしないクローディアにはどう頑張っても愛情なんて抱けなかったが、政略結婚からは逃れられない身。自分が頑張ってもどうにもならないことだから適当にあしらっていよう、と考えてきた。

「でしょうね。そうでないとここまでひどい噂が届くわけがないもの。しかしわたくしが実際にこの国に来た時、明らかな違和感があったわ。あんなにひどい噂があったのに、あなたとクローディアはとても親しそうだし、明るく笑うクローディアは人形とはほど遠い。誰かがわざわざ国のイメージがマイナスになるような噂を流したとも思えない。国、またはあなたたちに何かがあったということを悟った」

「そんなところから……」

「一体何があったの？　ここまで話したからには最後まで聞く権利があるはずよ。クローディアが人形令嬢と呼ばれるような状態だったのは事実なの？」

「ああ。でもある日突然変わったんだ」

「ある日突然？　どういうこと？」

「どういうことかは私にも分からない。だが、学園の始業式の日にクローディアが倒れて、次に目を覚ました時にはもう変わっていた」

「ちなみに倒れた原因は？」

「分からない。急にふっと糸が切れたように。そうだ、確か目を覚ました時、自分は私の元婚約者、と言っていた」

「原因不明で倒れた後に変わった、関係がないと考えるほうがおかしいわね」

先ほどクローディアが見たと言った夢の内容は、未来の王太子妃を毒殺しようとした罪で殺されたというものだった。その夢がクローディアの変化に何か関わっているのだろうか？

「これ以上わたくしたちだけで考えても答えは出てこないでしょうね。クローディア本人に聞かないと。でも何かがあったのは明らかね」

　クローディアのところへ戻ろうとした時、王女がこちらを振り返った。

「王太子殿下、わたくしはこの国の事情やクローディアの過去は知りません。ですのでこんなことを言う権利はありませんが、クローディアには記憶を取り戻してほしいと思っています。殿下はどうお考えですか」

「私は……分からない」

「分からないとはどういうことでしょう。クローディアに記憶を失ったまま過ごしてほしいということですか？　秘められた記憶に怯えながら過ごせということですか？」

「違う！　そんなことでは決してない……ただ……」

リーラ王女は何も言わず、黙って視線だけで続きを促した。

「私のわがままだということは分かっている。クローディアのことを考えると記憶が戻ることは正しいことなのかもしれない。それでも、クローディアの今の笑顔が、記憶が戻ることで失われてしまうのなら……。いっそのこと今の生活を続けるのも悪くないのではないかと思ってしまう自分がいる……」

「……」

こちらをしばらく見つめた後、リーラ王女はハァ、と軽くため息をついた。

「わたくしには王太子殿下の迷いをどうこう言うことも、責めることもできません。強がってはいますがわたくしも怖いです。記憶を失った者は――元に戻ると、記憶を失っていた間のことを逆に忘れてしまうこともあると聞きました」

困ったように笑うリーラ王女に、私は目を見張った。

「それはっ……！」

「ええ。クローディアがわたくしのことを忘れてしまうかも……、いえ、そもそもわたくしとクローディアの関係が、クローディアにとってなかったことになってしまうかもしれない」

「あなたはそれでいいのか……？」

気丈に、冷静に振る舞っているリーラ王女――彼女が感じている恐怖は一体どれほどだろうか。

彼女にとってクローディアは、初めてできた友達。かけがえのない大切な人だ。

「いいわけありませんわ。わたくしにとってクローディアは初めてできた友人ですもの。メアリは記憶を失う前のクローディアとも仲良くしていたようですわ。だからもしわたくしのことを忘れても、メアリのことは覚えているのでしょう。もちろん王太子殿下、あなたのことも。……正直悔しくてたまりませんわ。でも……」

リーラ王女はそこで唇を噛み、しかしすぐに顔を上げ、きっぱりと言った。

「でも、クローディアは大切な友人です。大切な友人だからこそ、それでクローディアが幸せになれるのなら。犠牲になるのがわたくし一人で済むのなら、喜んで受け入れますわ」

リーラ王女の目は哀しげで、寂しげで、それでいてクローディアへの愛情が見てとれた。その覚悟は並大抵のものではないだろう。それでも大切な人の幸せを願う〝王女リーラ〟は気高く、美しかった。

「本当に……あなたには見習う点が多い。決めたよ。クローディアにこのことを話して、記憶を取り戻す手助けをしよう。無理やりでは負荷がかかるから、彼女のペースで、彼女の意思で、記憶を取り戻せるように」

「はい。そうですわね」

私たちは決意に満ちた表情で頷きあい、クローディアの部屋へと向かった。

◇◆◇

リーラ様とともに部屋へ戻ってきた殿下は、緊張したような面持ちで、まっすぐにわたくしの瞳を見つめた。

「クローディア、思ったよりも時間がかかってしまってすまなかった」

「いいえ、お気になさらず。……ジルベルト殿下、リーラ様、どうかなさいましたか？」

「クローディア。一つ、とても大切な話があるんだ。君のこれからに深く関わる話だ。嫌なら嫌と言ってくれていい。無理強いするつもりはない」

「分かりました」

「え？」

わたくしは躊躇うことなく話を聞くことを承諾した。

「……本当にいいのか？」

「構いませんわ。わたくしはそれがどのようなお話でも、殿下たちがわたくしのことを深く考えてくださった結果の決断だと思っております。わたくしはお二人を信じておりますので」

わたくしの言葉に殿下とリーラ様は視線を交わし、そして意を決したように口を開いた。

「クローディア、君は記憶を失っているんだ」

「わたくしが……記憶を……!?」

酷く混乱した。そんなわけはない、自分にはちゃんと記憶がある、と。

しかし、いつも何かを思い出そうとすると頭に霧がかかったようになることや、周囲の不自然な反応に対する違和感がなくなっていくのを感じ、その事実を受け入れるしかなくなった。

わたくしは、記憶をなくしていた……

その事実を受け入れた直後、さまざまな情景が頭の中を流れ始めた。

メアリ様と友達になったこと。ジュリア様に噴水に突き落とされたこと。

——前世でアイシャ様に陥れられ、殺されたこと。

「殿下……わたくしは……どうしてこんなに大切なことを……」

脳内に流れ込んできた大量の情報を処理しきれずに頭がズキっと痛む。それでもなんとか前を向き、二人の顔を見た。

「クローディア、落ち着いて。ゆっくり考えていいんだ。焦らなくてもいい。まだ混乱しているんだ。温かい紅茶を持って来させる。少し待っていてくれ」

「いえ、わたくしは大丈夫ですわ。リーラ様、殿下、ありがとうございます」

「ク、クローディア……。わたくしのことを、覚えてくれているの……?」

「もちろん。忘れるはずありませんわ」

「本当に？　嘘じゃない？　信じていいの？」

「はい。ご心配をおかけして申し訳ありません。今でも少し信じられないところはありますが、きっとそれにももうすぐ慣れるはず。これからもよろしくお願いいたします」

安心と喜びからポロポロと涙を流し始めたリーラ様は踵を返し、廊下に駆け出していった。

「クローディア、大丈夫だ。リーラ王女は私が連れてくる。お願いだから今は安静にしておいてくれ」

リーラ様の後を追おうとしたわたくしに、絞り出すような声で、しかし穏やかな笑顔を浮かべて殿下が告げる。その顔を見ると、抵抗してはいけない気がした。この方は、本当にわたくしのことを心から心配してくださっていたのだろう、と。

◇◆◇

リーラは廊下に出てすぐのところに護衛として立っていたエイダンに抱きついた。

「よかったぁぁあ！」

エイダンは慣れた手つきでよしよし、と頭を撫でた。

「よかったですね、本当に。ずっと彼らが自分だけに何かを隠しているって不安でしたものね、がんばりました。えらいえらい」

——本当に今まで苦労してきましたものね。

リーラはセレスタイトの王女だが、それは形だけのものと言っても過言ではなかった。

彼女は第三王女で、しかも一夫多妻制の国の側妃の娘だった。もちろん王子だって何人もいるし、上の姉二人は正妃と名家出身の側妃の娘で、低位貴族出身の側妃の娘のリーラはずっと放置されてきた名ばかりの王女だった。

小さい頃はそれでも頑張れば認めてもらえると信じて努力を重ねたが、誰も振り向いてくれなかった。

人間関係が不器用なリーラがなんとか気を引こうとした結果、貼られたレッテルが「暴君」「わがまま王女」。本人にそんな意図がないことは幼馴染としてよく分かるのだが、誤解されていくたびに何とも言えなくなった。

最初は誤解だと何度も弁明した。しかし回数を重ねていくと、リーラは「もう良いわ」と言い、次第に諦めたように悲しい眼差しになった。それを見るたびに、エイダンは苦しくなった。

――こんなに努力家で優秀なのに。

事実、リーラはとても優秀だった。セレスタイトの全王族の中で一番優れていると言っても過言ではないほどに。しかし実力が明るみに出ることもなく、王宮の隅で暮らしていた。

でも今のリーラは明るい。

それはサードニクスの学園が実力主義で、自分の努力と実力が初めて認められたこと、そして――初めて友人ができたことが深く関係しているのだろう。

――幸せそうでよかった。

一応エイダンもセレスタイトの高位貴族の令息だ。今回の使節団にリーラを推薦したのもエイダンとその父だった。リーラの実力を認める数少ない人物。

「ほら、クローディア嬢がお待ちですよ。行かなくていいんですか？」

リーラはバッと顔を上げ、エイダンから差し出されたハンカチで目元をゴシゴシと擦り、クローディアの部屋へと戻って行った。

「こら、そんなに強く擦ると腫れが……って、もういないか」

エイダンは少し先の部屋から聞こえるクローディアとリーラの嬉しそうな声に、全く……と呟きながら優しい笑みを浮かべた。

◇◆◇

「ジルベルト殿下、何度も王宮のお世話になってしまい申し訳ありません。明日には公爵邸に戻れると思うので、ご安心ください……殿下？」

クローディアが何も答えられずにいる私の顔を下からスッと覗き込んだ。……可愛い。

「殿下、お顔がとても赤いですわ。どこか体調が優れないのですか？　やはり今日のうちにお暇したほうがよろしいですわよね、申し訳ありません、すぐに準備しますわ」

「待ってくれ！」

とっさにクローディアを呼び止めたが、会話の続かない気まずさにまた黙り込んでしまった。

——どうしよう、思わず引き止めてしまった……

脳内では、ここ最近リーラ王女に告げられた辛辣な言葉がぐるぐると回っている。

――気持ちは、言葉にしないと伝わらない……

「あの……殿下？　どうかなさいましたか？」

「あ、いや……」

何を怖気づいている、ジルベルト・ルーン・サードニクス！　お前は次期国王になるのだろう！
好きな女性一人に気持ちを伝えられずに、どうやってこの先国をまとめるんだ！

気持ちを伝えよう。返事はなくてもいい。ただ、自分の気持ちを知ってほしい。婚約者だから、最終的には結婚するから気持ちを伝えなくてもいいなんて、よくない。

「クローディア」

「……はい？」

「私と……これからも王宮に住まないか⁉」

あぁー！　くっそ、違うだろう！　いや、間違ってはいないか？　賢いクローディアなら、意味を察してくれるはず……

私は一縷の望みをかけてクローディアを見つめた。

「それは……どういう意味でしょうか？」

だめだった⁉　当たり前だ。察してもらおうとしてはいけない。きちんと言葉にしなければ。

「クローディア、聞いてほしいことがあるんだ」

姿勢を正して、まっすぐクローディアに向き合った。

「クローディア・フィオレローズ嬢、私は君のことが好……」

「クローディアーーー!!」

「リーラ様！」

くそっ！　なんというタイミングだ。リーラ王女が戻ってきた。感動の再会を邪魔するわけにもいかず、私は仕方なく二人を見守ることにした。

第三章

爽やかな風が吹き、暖かな光が差し込む良き日。

そんな日にもかかわらず、わたくしの顔が緊張で強張っている理由はただ一つ。

今日は最終学年の始まる日であり、アイシャ様が転入してくる日だからだ。

いつもと同じようにリーラ様とメアリ様と登校する。

「そういえば、確か転入生がいるのよね、平民上がりの」

しばらくどうでもいい話をしていると、リーラ様が不機嫌そうに呟いた。

「いくら貴族の血が流れてるからって学力関係なく学園に入れるなんて。この学園はそういうところがいい加減ですわね。せめてテストの一つでもすればいいのに。身分を弁えない方が来て、またクローディアに何かあったら……」

「リーラ様、こんな人の多いところでそんなことをおっしゃるのは……。でも私も同感です。その方の噂を聞いたことがあるんですけど、あまり褒められたものではありませんでした。噂で人を判断するのはよくないですが、私もあまりいい印象はありませんね」

二人が話しているのは間違いなくアイシャ様のことだ。

始業式の会場まであと少し。

殿下は生徒会長の仕事で先に行った。つまり一人ということだ。

ジルベルト殿下が先にアイシャ様に会っていたらどうしよう。

――いいや、生徒会でもないアイシャ様が会場に先に入ることはできないわ。全く、嫌なことを考えてしまうわね。

あまり気分のよくない想像をして拳をグッと握り込んだわたくしに、リーラ様とメアリ様がそっと声をかけた。

「クローディア様、クローディア様はこのところいつも何か悩んでいるみたいですが、辛かったら私たちに話してくれていいんですよ？　私たちは、友達ですから」

「そうよクローディア。なんでも言って頂戴。悩みの原因なんてわたくしが排除してあげるわ。今は話せないかもしれないけど、力になれるならいつでも話を聞くわ」

「メアリ様、リーラ様……。ありがとうございます」

なんて頼もしいのだろう。

今でも鮮明に覚えているあの鮮烈なピンクの髪。これから起きることに対しての不安は、前世のことを考えると仕方ないが、今は前世とは違い味方になってくれる人がいる。励まして、応援してくれる人がいる。周りに人がいて、助け合うことの尊さに胸が温かくなるのを感じた。

「長かったわね……」

始業式の後、リーラ様が疲れたようにボソッと呟いた。

「そうですね、式典だからきちんとするのが当たり前なのは分かっていますが、流石にずっと座りっぱなしだと体が強張ってしまって……」

「お二人とも、お気持ちは分かりますが……」

どうやら、二人はわたくしの知らない間にかなり親しくなっているようだ。

「ジルベルト殿下はどちらに？　式の後、皆で食事をする約束でしたが……」

「そういえばそうね、生徒会長としての後片付けがあるとしても遅いわね」

殿下を迎えに行くことになったのだが、殿下は――予想していた人物と話していた。

「あの方は？」

リーラ様が鋭い視線を向けた。

「リーラ様、クローディア様。お分かりかとは思いますが、あの方が転入生のアイシャ・コーラル子爵令嬢です」

アイシャ様……当たり前だが、転生前と何一つ変わらない容姿、声。忘れることなんて絶対にできない人物。

「私、校内で迷ってしまって……。初めてなので、よければいろいろと教えてくださいませんか？　あ、よければでいいんです！　でも私……まだ友達とかいなくて不安で……」

アイシャ様がいかにも純粋です、と言わんばかりの子猫のような声で殿下にすり寄る。

――アイシャ様の……喋り方の癖が前と違う……？

転生前のアイシャ様は、聞くだけで寒気のするような喋り方をしていた。何度注意しても直さなかった記憶がある。

——ただ逆行しただけではないの？　どうして違うの？　何か理由でもあるのだろうか。

「アイシャ嬢、と言ったかな？　すまない、今日はそこにいるクローディアたちと食事の約束をしていてね。それに、私はそれほど暇ではないんだ。他の生徒会の役員を紹介するから、案内は彼らに頼むといい」

——殿下が、アイシャ様のお願いを断った……？

わたくしは驚きでしばらく動けなかった。

「そうですか。すみません、無理を言ってしまって……」

チラッと横を見ると、アイシャ様が一瞬顔をしかめていたが、わたくしの視線に気づくとすぐに笑顔になり、殿下に明るい笑顔を向けた。

「クローディア、リーラ王女、メアリ嬢。……と、アラン。待たせてしまってすまない。少し遅くなったが、食事にしよう」

殿下はアイシャ様に構うことなくわたくしたちにそう告げると、振り返ることなく歩き出した。

クラス分けが発表された。結果——鮮烈なピンクの頭の令嬢の姿がそこにはあった。

はぁ……。

アイシャ様は今も痛いほどの視線をわたくしたちに向けていた。先が思いやられる。前世と違うことばかりだが、アイシャ様が同じクラスなのは変わらないようだ。

初めに考えた、なるべく関わらない、という計画は早くも頓挫した。クラスは複数あるから確率的に一緒になることはほとんどないと思い込んでいたが、まさかそうなるなんて。

でも、殿下はアイシャ様にご執心ではないし、アイシャ様の様子も前世とは違う。条件が違うのなら、もしかしたらもうすぐ死ぬかもしれないことだって変えられるかもしれない。

転生後にやってきた自称神たちは、一応わたくしが今世では幸せに生きることを望んでいた。

頑張ろう。何より――

「おはようクローディア。昨日は疲れただろう。よく眠れたか？」

「クローディアおはよう！　わたくしたちが同じクラスになるなんて運命ね」

「クローディア様、おはようございます。今日は天気がいいので昼食はテラスでしませんか？」

今のわたくしには、素敵な仲間がいる。

何かあるものだと思い込んでいたが、意外なことに特に何が起こることもなく、わたくしは割と落ち着いて日々を過ごしていた。

「ジルベルト殿下、今日の昼食はどちらで召し上がりますか？」

「そうだな、私も正式に生徒会長になってしばらく忙しかったが、最近落ち着いてきたんだ。今日は久々に皆で集まれそうだし、いつもの場所でどうだ？」

いつもの場所、とは食堂の隅、外の庭園が一望できる、食堂の中でも特に景色のいい席だ。

「分かりました」

「他の四人にも伝えておいてくれないか？」

「ご心配なく。もうすでに伝えてあります。正直なところ、殿下のお返事を待っていたようなもので、もし殿下が来られなくてもわたくしたちで食事をする予定でした」

「なんだか……あれだな。自分のせいとはいえ、一人だけ除け者みたいな寂しさが……」

　殿下が困ったように笑った。

「そんなことはないですよ。わたくしたちは殿下を心配していましたから。引き継ぎが終わったと思ったらすぐにまた忙しくなって……」

「今年度は例外が多くてね……。クローディアも分かるだろうが、転入生の件で仕事が多くなって」

「お疲れですね」

「だいぶ落ち着いてきたから大丈夫だよ。クローディアは何かされていないか？　今いる生徒たちは、ジュリア嬢の件である種の牽制ができていると思うが、転入生はそれを知らない。メアリ嬢が言っていたが、よくない噂もある。何をやらかすか分からない。リーラ王女たちがついているし大丈夫だとは思うが、何か小さなことでも気になることがあれば言ってくれ」

「今のところは大丈夫ですわ。わたくしもてっきり何かあるものと思っていたのですが、意外なことに。何かあれば報告いたします」

「そうしてくれると生徒会長として……私個人としても助かる」

　さあ、行こう。と殿下がわたくしの手を取り、二人で食堂に向かった。

数日後。

「あぁ！　クローディア、わたくし先ほどの特別教室に忘れ物をしてしまったわ……」

「それは大変ですわ。リーラ様、一緒に取りに行きましょうか？」

「いや、悪いわ……。ごめんなさいクローディア、すぐに戻ってくるから。エイダン、クローディアのことをよろしくね」

そう言って、リーラ様は急いで特別教室に向かって行った。

「大丈夫かな」

わたくしの隣にいたエイダン様がボソッと呟く。

「どうかしましたか？」

「いや、殿下はあの性格じゃないですか、特別教室までそんなに距離はないですけど、何か騒ぎを起こさないか心配で……」

エイダン様は本当に心配そうだ。

「リーラ様のところに行ってください」

「え？　いや、でも……」

「エイダン様は、あくまでもリーラ様の護衛ですわ。それにメアリ様もお手洗いに行かれただけですから、もう戻ってこられるはずです」

「……すみません！　すぐに戻ります！」

エイダン様は物凄いスピードでリーラ様を追いかけて行った。

できるだけ一人にならないように心がけていたわたくしが、ほんの数分一人になった時だった。

まるで狙ったかのように、柱の陰からスッとピンクの頭が出てきた。

「あの……」

「……っ⁉」

アイシャ様――

軽やかなステップでわたくしのところにやってくると、おずおずと恥ずかしそうに声をかけた。

まるで小動物のようなちょこちょことした動作は、相変わらず庇護欲を誘う。

「初めまして。私、アイシャ・コーラルと言います。あなたはジルベルト殿下の婚約者様……ですよね？」

問いかけているにもかかわらず、その声は確信の響きを帯びていた。

「そうですが……わたくしに何かご用ですか」

すぐにでも会話を終わらせたい。できるだけ無関心を装うことにする。

「……いえ、なんでもありません。ええ、本当に。気にしないでください」

そう明るく言うと、礼儀知らずも甚だしく、アイシャ様は何の挨拶もなしにタタっと走り去った。

――なんだろう、何か嫌な予感がする。

アイシャ様が去っていく背中をボーッと見ていると、後ろからバタバタと足音が聞こえてきた。

「クローディア様、大丈夫ですか⁉　アイシャ様がいらっしゃったように見えたのですが……。何かされていませんか？」

「ええ……大丈夫ですわ」

「リーラ様は？　一緒のはずではなかったのですか？」

「リーラ様は特別教室に忘れ物をしたみたいで、取りにいかれました。エイダン様も一緒に」

「クローディア、待たせてごめんなさい。メアリも戻ってきたのね。早く行きましょう」

「リーラ様……。実は、私たちがほんの数分離れた隙に、アイシャ様がクローディア様と接触したようなのです」

メアリ様のその言葉を聞いたリーラ様は、纏っていた穏やかな雰囲気を一変させて殺気立った。

「……それは本当なの？　クローディア、顔が強張っているわ。冷静沈着なクローディアが珍しく取り乱すくらいのこと、何か言われたの？」

流石にリーラ様は全てお見通しのようだ。できる限りポーカーフェイスを貫こうと思っていたが、一国の王女の目は誤魔化せなかった。

「何を言われたか、と聞かれると、一言しか言葉を交わしていませんが……、その、『あなたはジルベルト殿下の婚約者か』と聞かれました。特に世間に隠しているわけでもないので、『はい』と答えたのですが、アイシャ様は何かを考える素振りをした後、それ以上は何も聞かずにどこかへ行ってしまいました」

「クローディア様がジルベルト殿下の婚約者であることは皆が知っています。どうしてそんなことを聞いたのでしょうか？」

メアリ様が素朴な疑問を放ったが、それはその場にいた全員の動きを止めた。

「確かにそうね、クローディアがあの顔だけ良い王太子と婚約関係にあることは、サードニクスの国民であれば皆知っているはずのこと。平民上がりのアイシャも然り。ならどうしてわざわざクローディア本人に聞いたのかしら。その辺りの令嬢なら顔だけ良い王太子の婚約者に対する嫉妬か嫌味、そんなところでしょうけど、彼女なら話は別だわ。まだ根拠も証拠もないけど、わたくしの勘がアイシャには何か裏があると言っているわ」

「そうですね、ジルベルト殿下とよく一緒にいる女子生徒が狙いなら、私たちもそうです。しかしアイシャ様は私たちには話しかけもしませんでした。クローディア様だけに声をかけた、ということは、私たちには興味がない、またはクローディア様にしかない何かに興味があると考えるのが妥当ですね。今思いつくのはやはりジルベルト殿下の婚約者であることでしょうか……。どちらにしろ、今まで以上に警戒するべきです」

おそらく二人の推測は正しい。アイシャ様が今世でもわたくしを狙っているのは分かったが、いつも遠くからジッと見ているだけだ。あまりにも前世の時と違いすぎる。今世のアイシャ様が何をしようとしているのかが分からない。何かの機会を伺っているかのようで不気味だ。

「クローディア様、またアイシャ様が……」

メアリ様の声でふと我に返った。

アイシャ様との接触事件から数日経ったが、その間も特にアイシャ様に変化はない。

ただジッと見てくるだけだ。

「メアリ様、気にしないでください。まだアイシャ様がわたくしたちに何かをしたわけではありませんわ。今は放っておきましょう」

「でも……。彼女にはよくない噂があるんです！　早めに目をつけられた原因を知って、なんとかしたほうがいいと思います」

「その噂って……どんな内容なのですか？」

ふと気になった。その噂の内容によっては何か手がかりがあるのではないか、と。

「そう、ですね……。確か『高飛車で傲慢で、野心家』とか、『王妃の座を狙っている』とか、『裏組織と繋がっている』とかですね……。今のアイシャ様の姿からは想像できません。大人しく可愛らしく振る舞っていますし、裏組織と繋がるような度胸があるようにも思えません。ですが、火のないところに煙は立ちません」

高飛車、傲慢、野心家。これは前世での彼女のイメージと近い。王妃の座も、きっと本当に狙っているのだろう。そうでないとわたくしに「ジルベルト様の婚約者ですか？」なんて聞かない。

でも裏組織の話は聞いたことがない。前世の彼女も今の彼女も、異性に守ってもらうことを好むタイプだ。自ら直接的な攻撃を仕掛けるタイプではない。そんな彼女が裏組織と……？　にわかには信じがたいが、警戒するに越したことはないので頭の隅に留めておこう。

「そんな噂が……。確かに気をつけたほうがいいですね。念のためメアリ様も注意してください」

「もちろんです。私はその上でクローディア様を守ります。皆様との約束でもありますから」

「約束？　皆様？」

「クローディア様を守る会、です！」

なんですか、それは。

「メアリ様……あの、それはなんでしょうか？　わたくし初めて聞くのですが……」

「その名の通りです。美しく賢く気高くて、非の打ちどころのない天使のようなクローディア様を見守り、かつさまざまな悪から守ることを目的とした会です！」

「は、はぁ……」

なんだろう、この気持ちは。喜ぶべきなのだろうか。

「リーラ様を会長として発足したこの会は、今では入会希望者が殺到して二ヶ月待ちなんです。感情を出されるようになったクローディア様を、密かに憧れの眼差しで見つめていた生徒たちがたくさんいたんですよ。ファンを装って近づいてくる不埒な輩が入り込むことも考えられるので、会長、幹部直々の面接を設けているのです」

リーラ様……

「私としてはクローディア様の魅力をもっとたくさんの方に知っていただきたいので、男性会員も入会させたいのですが、ジルベルト殿下がものすごく反対されて……。仕方なく現在は女性会員だけなんです」

わたくしの複雑な表情に気づくことなく一喜一憂しながら、忙しく表情を変えて話すメアリ様にも、多分悪意はない。むしろ純粋な好意と親切心で、わたくしを守り、それでも何かあった時に情報共有がしやすいように作ったのだろう。そう考えるとそれなりに理にかなった効率的な考えだが……当事者の身にもなってほしい。恥ずかしくて死にそうだ。

前々から感じていた視線の正体がやっと分かった気がする。記憶を失ってからずっと感じていたあの視線は、きっとその「守る会」の会員の視線なのだろう……そしておそらく、残り半分の視線は会員になれない男性の視線。決して嫌な視線ではなかったが、どうしていいか分からない。

殿下に「視線が気になる」と伝えた時、「気にするな」と言ってくださったのは、きっとわたくしが知ったら今のような気持ちになると分かっていたのだろう。確かに知らなければよかった。殿下は殿下なりに、わたくしのことを気遣ってくれていたのだ。

「クローディア様、あなたを守ることがこの会の第一の目的。先に言っておきましょう。リーラ様や私、そしてジルベルト殿下の厳正な審査を受けて認められた幹部には、アイシャ様についての事情を話してあります。言わなくても皆、クローディア様がアイシャ様の動向を気にかけていることに気づいていました。もし何かあれば言ってください。幹部たちが集めた情報をお伝えします」

いつになく真剣なメアリ様の視線。アイシャ様のことを気にしていたのは、とっくにバレているようだ。それでも彼女たちは、理由を話そうとしないわたくしのわがままを尊重してくれている。

「ありがとうございます。とても心強いです」

「私はクローディア様が平和に学園生活を送って、この国の王妃になって、幸せになってほしいだけです。クローディア様は皆に愛されてますから」

「……わたくし、愛されているのですか？」

愛、というものはよく分からない。

記憶が戻ったことにより、自覚できる程度の感情が芽生えているのは感じているが、愛や恋など、その分野の感情はどうしても分からないのだ。

「ええ、皆様からですよ。お一人、他とは比べ物にならないほどクローディア様を愛されている方もいらっしゃいますし。心配なさらずとも、いつかきっと、分かりますよ」

もしそうであるなら、愛、というものを知ってみたい。そうしたらもっと、わたくしの世界に色がつくのだろうか。純粋に、新しい世界が見てみたいと思った。


守る会の存在を知ったこと以外は特に変わったこともなく、奇妙なほど平和な学園生活を送っていた。まるで、嵐の前の静けさのような——

「次の授業はなんでしたっけ？」

「魔法の実技でしょう？　それくらい覚えておいたほうがいいわよ。特に今回は特殊な授業形式ですもの」

メアリ様の質問に、リーラ様が鋭く突っ込みまじりの返答をした。

「そうでした、確かペアを組むのでしたよね。魔法の授業でペアを組むことに意味があるのか分かりませんが、楽しそうですよね！　クローディア様かリーラ様とペアだったら嬉しいです！」

教師によると、ペアを組むことによってお互いの競争意識を高め、能力の向上を図ることを目的としているようだが、ペア決めは実力別などではなく完全なくじ引きらしい。

「席に座って」

教師の声がした。

「ペアはこちらで決めてあります。授業のたびにペアは変わりますので、その時その時の相手から学べることをしっかり学んでください」

そう言った後、教師は前の黒板にペアの書かれた紙を貼り出した。

皆が黒板に近づいて自分とペアになった相手の名前を探す。

わたくしのペアは……

文字の列にさっと目を通していると、クローディア・フィオレローズと書かれた行を見つけた。その隣には――アイシャ・コーラル。……なんとなくそうなる気はしていた。どうもこの世界はわたくしにとって不利に動くことがあるような気がする。自分の運が悪いだけなのだろうが。

アイシャ様とはできるだけ接触したくはないが、授業では避けようがない。アイシャ様のほうを見ると、何を考えているのか分からない無の瞳でペアの表を見つめていた。

「確認は終わりましたか？　ではペアになった者と二人で外の演習場まで来なさい」

教師はそう言い終わるや否や、足早に教室を出て行った。

残された生徒たちも、簡単に挨拶を済ませると、個々に教師の後を追って教室を出ていく。

リーラ様や殿下が心配そうにこちらを見ていたが、ペアの相手に急かされるように教室の出口へ向かっていく。流石にアイシャ様と教室で二人きりになるのはまずいと考え、後ろを振り返った。

「アイシャ様、今日はよろしくお願いします。先に行っていますね」

アイシャ様はハッとしたようにこちらに顔を向けると、パタパタと数歩後ろをついてきた。

殿下はわたくしが歩き出すとほっとしたような笑みを浮かべ、ペアになった生徒に声をかけ、二人でそっと横に来てくれた。わたくしは安心して演習場に向かった。


授業は、生徒一人一人がペアの相手と指定された種類の魔法を見せ合い、お互いにアドバイスをしながら進めていく形式だ。それでは始め、という教師の号令がかかる。

自分も……と思ったが、ずっと無言のまま立っているアイシャ様の姿を目にするとそんな気も失せた。

「あの……アイシャ様。わたくしたちもそろそろ練習しませんか？　授業ですし」

声もかけたくなかったが、こればかりは仕方がない。嫌々ながら声をかけると、アイシャ様は無言のままスッとこちらへ向かってきた。何も喋らないので、なんとも言えず居心地が悪い。

「クローディア様。……私のこと、覚えていますか？」

突然何を言い出すのだろうか。

覚えているも何も、つい数日前にアイシャ様のほうから声をかけてきたではないか。

何も言わないわたくしの反応をノーと取ったのか、アイシャ様は表情を緩めた。

「いえ、なんでもないです。そうですよね、覚えているわけないですよね。私ったら考えすぎだわ」

「あの……どうかされましたか？」

何やらアイシャ様の反応が引っかかる。

今の彼女は、前世の時とは話し方も、行動も違う。それなのに、彼女のすることの全てに、どこか違和感というか、異質なものを感じるのだ。

『前はミスっちゃったからなぁ。今回は攻略法も覚えたし、失敗しないはず。クローディアには悪いけど、今回も私の幸せのために犠牲になってもらわないと』

アイシャ様が小さく、すぐ側にいたわたくしにさえ聞こえないほどの小さな声で呟いた。

本人も聞かせるつもりはなかったのだろう。しかし、王妃教育の中に「読唇術」があったわたくしには、アイシャ様の独り言の内容が一字一句分かってしまった。

ミス？　攻略法？　何を言っているの？　そして――今回も、とは何だろう？　まるで今世でもアイシャ様の幸せのためにわたくしが犠牲になることが決まっているかのような……彼女にはまるで未来が分かっているかのような、そんな口ぶりだった。

「クローディア様、クローディア様は筆頭公爵家の令嬢で、今はジルベルト殿下の婚約者様。それはそれは素晴らしい魔法が使えるんですよね？　是非見たいです！」

アイシャ様は明るい笑顔を見せると、何事もなかったかのようにそう言った。さっきのアイシャ様の独り言を聞いた後だと、この言葉に裏を感じずにはいられなかった。

それでも、授業なのだから魔法を見せないわけにはいかない。

「アイシャ様、苦手な魔法などはありますか？　おありでしたらそちらをお見せいたしますが」

「苦手な魔法ですか……。恥ずかしながら、私、つい最近まで平民街にいましたので、魔法の知識があまりないのです。だから魔法全般が苦手で……」

「基本的な魔法、ということでよろしいですか？」

世の中、魔法でも何でも、まずは基本が何よりも大事だ。基本がなければどんなに高度な説明をしようが、無駄に等しい。それなら見せる魔法も基本的なもののほうがいいだろう。

そう思って提案してみたが、アイシャ様の反応はイマイチだった。

「クローディア様は、とても多才で、魔法もとても高度なものが使えるとお聞きしています。だから……わがままかもしれませんが、その、強い魔法が見たいです」

「強い魔法……ですか？　しかしこれはあくまでも授業ですので、アイシャ様が習得できるレベルの魔法のほうがよろしいと思うのですが……」

「これからの目標にしたいんです！　だめ……ですか？」

アイシャが怯えたような表情で、うるうると上目遣いで見つめてきた。

気がつくと、周囲もこちらに視線を向けている。軽い口論のようになったせいだろう。会話は聞こえていないようだが、傍から見れば弱い立場の者の意見を頭ごなしに否定している状況に見えなくもない。怪訝な眼差しを向けている者もいる。

よくないわ。

いつの間にか悪者に仕立て上げられそうになっていることに気づいた。身分制度に不満を持つ生徒たちの心理に訴えかける、巧妙な手口だ。

「……分かりました。では、一度だけです。あとは基本をお教えします。それでよろしいですか？」

「やった！　嬉しいです！」

どこかすっきりしないが、これ以上注目を集めてあらぬ誤解をされるほうがもっと厄介だ。

魔法の有効範囲を考慮し、仕方なく少し離れた場所に移動した。

「属性はどういたしましょうか？　安全性を考えて、破壊力の高い属性は避け、水か風あたりでよろしいですか？」

「あの……言いにくいのですが、私、水と風の属性に適性がなくて……。使えない属性の魔法は見ても目標にできないので、その他の属性でお願いできませんか？」

他の属性は、火や土、雷……。どれもまともに食らえば命にかかわる危険な属性だ。万が一かすりでもしたら、ただでは済まないだろう。

「他の属性は危険ですので、申し訳ありませんがお見せすることは……」

身の安全を優先する。これはもっともな理由だ。誰が聞いても納得する。

しかし次の瞬間、アイシャ様は思いがけない行動を取った。

「そう、ですよねっ……！　ごめんなさい、私のような賤しい娘がクローディア様のような高貴な方にお願いなんておこがましいことをしてしまって……。機嫌を悪くされて当然です。申し訳ありません……」

……は？

アイシャ様は突然泣き出した。ポロポロと涙をこぼしながら、わたくしに謝罪の言葉を口にする。

周りの生徒がまたもや怪訝そうな視線を向け、ヒソヒソと話しだした。

ちょっと待って、わたくしは何を謝られているの？

「アイシャ様？　突然どうなさったのですか？　わたくしは機嫌を悪くなんてしていませんよ。ただ、アイシャ様の安全を考えただけです。どうして泣くのですか？」

アイシャ様はわたくしの問いかけには答えず、わざとらしくハンカチで涙を拭いている。

——そんな見え見えの手口に乗るわけがないでしょう。

「わたくしの意見で不快な思いをされたのなら謝罪いたしますわ。ただ、アイシャ様は早く他の方々に追いつくためにたくさんの努力をされていると聞いております。ですので、そのお手伝いができれば、と思っただけなのです」

そこまで話して、わたくしは閃いた。

アイシャ様の涙を見て皆が彼女に同情するなら、同じことをすればいいのではないか、と。

とはいえ、「人形令嬢」のわたくしには、急に涙は流せない。でも——魔法がある。

わたくしは顔を覆うように手で隠し、目元に軽く指を当て、一滴の水を生み出した。

——!!

途端、周りが息を呑む音が聞こえた。

「本当にごめんなさい。アイシャ様の気持ちを考えれば、当然のことだわ。わたくしは知らず知らずのうちにあなたを傷つけてしまったのね……。わたくしとしては特に大したことは言っていないつもりでしたのに、泣いてしまうほどに」

最後の一言は。せめてもの嫌味のつもりだった。

今回は嵌められそうになったが、結果的にはなんとか回避したし、大きな被害もない。このくらいでいいか、と思ったその時だった。

「……おい」

聴き慣れた、でもいつもよりもずっと低い声が耳元で響いた。

アイシャ様がパァッと顔を綻ばせ、声の主のほうへと駆け寄っていく。

「……何故だ」

ジルベルト殿下が、そう呟いた。

「殿下、私クローディア様と仲良くしたかっただけなのです。ですが、クローディア様は授業なのに私に魔法を見せてくださらなくて……」

「そんなことはどうでもいい、アイシャ嬢と言ったか。何故クローディアが泣いている？」

「え？」

「聞こえなかったか？　何故クローディアが泣いているのか、と聞いているんだ」

殿下がアイシャ様へ発した声は、どこまでも低く、冷たく響いた。その低く冷たい声を聞いたアイシャ様は、石像の如く固まった。

殿下はそんな彼女をチラッと横目で見たが、すぐにわたくしの元へ早足でやってきて、心配そうな眼差しを向けた。

「クローディア、大丈夫だ。君が言ったことは、何ひとつ間違っていない」

「……聞いていらしたのですか？」

「ああ。何があるか分からないからね、特にアイシャ嬢は、君にどんな危害を加えるのか想像もつかない」

殿下が周りの生徒にも聞こえるように、あえて大きめの声でそう言った。

「ほら、泣かないでくれ。クローディアに泣かれるとどうしようもなく心がかき乱される」

殿下は優しくそう言い、わたくしの目元の滴を指で優しく拭った。

が、すかさずアイシャ様が反撃に出る。

「ジルベルト殿下！　誤解です！　私は……魔法を見せてもらおうとしただけなのに、クローディア様は頑なに拒否するのです。授業だから見せ合わないといけないのに……。きっと私に下賤な血が流れているからです。そうとしか考えられません！」

アイシャ様は涙目で訴えた。

「私のような者がこの学園に相応しくないことは分かっています。ですが……せっかくいただいたこのチャンスを、生かさないわけにはいかないんです！　私の気持ちを分かってほしかっただけなのです……」

アイシャ様は泣き崩れて地面に手をついた。まるで悲劇の主人公だ。

しかし、殿下はアイシャ様の言い分をひと通り聞いた後、時間の無駄だった、と小さくつぶやき、呆れたようなため息をついた。

「アイシャ嬢、ひとつ聞いていいか」

「はい、なんなりと」

アイシャ様が笑顔で答えた。事が自分に有利な方向に進んでいると思ったのだろう。

「君の今の発言、根拠があるのか？　クローディアが本当にそんなことを言ったという証拠は？これがもし、君の傍迷惑な勘違いから来た発言なら、その意味を分かっているのだろうな」

「……え？」

「そのままの意味だ。私の婚約者を嘘で陥れようとしたのなら、それ相応の覚悟はできているのだろう？」

「証拠？　覚悟？　ジルベルト殿下、誤解です！　私は本当にクローディア様に……」

「嘘をつくのなら、その辺にしておいたほうがよろしくてよ」

有無を言わせないオーラを纏い、勝ち誇った笑みを浮かべたリーラ様も進み出てきた。

「今回の授業でのあなたの発言、わたくし全て聞いていたの。あなた、皆にあることないことそれはそれは大袈裟に語ってくれましたね。わたくし、あなたが不審なことを言い出したくらいからの会話、全て記録しているけど、それでも言い逃れできるかしら？　謝るなら今のうちよ」

リーラ様が手に握ったメモ用紙をひらひらと揺らし、地面に膝をついているアイシャ様に見せた。

形勢逆転だ。そもそも転入したてのアイシャ様には彼女を擁護してくれる人はまだいない。多少仲のいい人はいるようだが、彼女たちにとってまだ自分を犠牲にしてまで守るほどの間柄ではないようだ。

「私は……、ただ……」

アイシャ様が力なくつぶやいたが、その声はもう誰にも届かなかった。

リーラ様たちも今回はそこまで追い詰めるつもりはないのか、そのまま授業に戻っていった。

その場に残されたアイシャ様は、地面に這い蹲ったまましばらく放心していた。

それから、アイシャ様のわたくしに対する態度はかなり変わった。というよりか、どこか焦っているように見える。前の授業の時に庇ってくれる人がいなかったからか、今はわたくしに関わることもなく、全力で味方づくりをしているようだ。

今日もこの前と同じくペアを組む授業だ。一度組んだ相手とはもう組めないことになっていて、アイシャ様とはもうペアになることはない。

今日のペアは……

いつものように自分の名前を発見し、隣に書いてある名前を見る。

サフィニア・ルチル……

クラスメイトとして、貴族の一員としては知っているが、直接話したことはほとんどない人物だ。が、最近はアイシャ様と一緒にいるところをよく見る。

アイシャ様の派閥は、比較的低位の貴族の令嬢を中心に形成されている。

サフィニア様のルチル家は新興貴族だ。元々商家でありながら数十年前に多大な功績を残したとして爵位を授けられ、そのまま怒涛の勢いで昇格し、現在は伯爵位まで上り詰めた。サフィニア様の父親である現伯爵は、切れ者として有名だ。

アイシャ様の派閥には、他にもフロター子爵家のカミラ・フロター様、メルビル男爵家のライリー・メルビル様、フロレンス伯爵家のシエンナ・フロレンス様など、力はあまり強くはないものの、それゆえ上位貴族に不満を持った者たちが集まっている。ルチル家がどちらにつくかでパワーバランスは大いに変化し得るだろう。

いつものように演習場に行くと、サフィニア様はすでに来ていた。

ストレートの腰まである艶やかなストロベリーブロンドの髪を風に靡かせ、透き通ったオレンジ色の瞳が印象的な整った顔でわたくしを見つめている。

「お初にお目にかかります、クローディア様。私、サフィニア・ルチルと申します。どうぞお見知り置きを」

落ち着いた声音でありながら、一言一言に知性を思わせる言動。人の本質を見抜くような視線は、父親のルチル伯爵譲りだろうか。ピクリとも動かない表情は相手に考えを読ませない威圧感がある。

「こちらこそ、初めまして。授業ですし、そんな堅苦しい挨拶は抜きにしませんか？」

「いえ、私には恐れ多いです。クローディア様は楽になさってください」

一定の距離を置こうとするサフィニア様は、貴族としてのマナーを気にしているのだろうか。

「そう、ですか？　分かりました。ではサフィニア様、本日はよろしくお願いしますね」

呆気に取られながらも、ちょうど授業の始まりを告げるベルも鳴り、魔法の練習が始まった。

数分が経ち、一通りアドバイスを出し合った後、必要以上に口を開かなかったサフィニア様が突然話しかけてきた。

「クローディア様、ひとつ、お伺いしてもよろしいでしょうか」

相変わらずの読めない表情でサフィニア様が問う。

「なんでしょうか」

思わず緊張してしまう。

「クローディア様はアイシャ様のこと、どう思われているのですか？」

なんと答えるべきだろうか。サフィニア様がアイシャ様の派閥に属しているとすれば、彼女の機嫌を損ねないようにそれなりに褒める必要があるようにも思えるが、彼女に嘘が通用するとは思えない。かといって馬鹿正直に「信用するに値しない方です」なんて言えば、どうなるか想像したくない。

「あの……、どうしてそのようなことを？」

とにかく話題を逸らすことにしよう。できる限りにこやかに、穏やかに微笑んで尋ね返す。困った時の質問返しだ。

「いえ、特に理由があるわけではないのですが、気になったもので。あと、ご安心ください。私はアイシャ様と共に行動はしていますが、派閥に属しているわけではありませんので」

派閥に属していない？　だがサフィニア様は最近ずっと、と言っていいほどアイシャ様の横にいる。特別仲が良いわけではなさそうだが、二人で話している姿はよく目にする。

サフィニア様は何を考えているのだろう……

ルチル伯爵の血を受け継いでいるなら、彼女は決して自分の家が不利になることはしないだろう。しかしどうにも納得しがたいことばかりで、疑うなと言われても、どうしても疑ってしまう。味方ならば味方だと言ってほしいし、そうでないのなら分かりにくいことはしないでほしい。

そうはいっても思ったように動いてくれないのが人間だが、最近ずっと気を張っているため、安心できるものを求めてしまう。

「アイシャ様は勉強しているところをよく見かけますし、努力を欠かさない方だと思います」

聞かれて何も答えないのもどうかと思い、一応無難な答えを返してみる。アイシャ様はわたくしへの闘志を燃やしているのか、最近教室で必死に勉強しているようだ。

「そうですか。私の聞きたかった答えとは違いますが……分かりました。わざわざお答えいただきありがとうございました」

相変わらず何も読めない表情だ。美人であることは確かだが、どうも関わりづらい。

それにしても、私の聞きたかった答えとは違う、とはどういう意味なのだろう。

「クローディア様、あと五分ほどで授業が終わりますね、つまらないことで時間を割いてしまい申し訳ありません。本日はクローディア様とペアになれてとても勉強になりました。また機会があればぜひよろしくお願いいたします」

サフィニア様が挨拶をしたため、反射的に挨拶を返す。

「いえ……、こちらこそ楽しかったです。また機会があれば」

距離感は相変わらずのままだった。一定の距離を保ち、必要以上に相手のテリトリーには踏み込まない。ある意味潔くていいかもしれない。

「クローディア」

終業のベルが鳴ると、少し離れたところからリーラ様の声が聞こえた。それに続いて皆の声もする。リーラ様たちと合流し、そのまま演習場を去った。

結局サフィニア様と一時間授業を受けてみたものの、彼女がどんな人物かは分からなかった。今は彼女がアイシャ様につかないことを祈るばかりだ。

「ジルベルト殿下、お話したいこととはなんでしょうか」

ペア授業から数日後、わたくしは殿下から学園の帰りに少し寄るように言われ、王宮を訪れていた。

「最近のアイシャ嬢の様子についてだ。あの令嬢のクローディアに対する執着は異常だ」

「執着？」

「気づいていないのか？　あの令嬢は隙さえあれば君のことを見つめているし、君の周りから人が少しでもいなくなればすぐに近づこうとしている。他人がいたら都合が悪いなんて、まずろくなことじゃない」

最近大人しいとは思っていたが、気づかないうちにつけ回されていたとは……。

「今は私やリーラ王女たちが必ずついているが、一人になることが絶対にないとは言い切れない。それでね……」

殿下がポケットに手を入れ、一つの箱を取り出した。

「学園にいる間、これをつけていてほしいんだ」

箱を開けると、美しくカットされたエメラルドブルーの宝石がついた綺麗なネックレスが入っていた。まるで殿下の瞳のような吸い込まれるほど鮮やかな色合いの宝石に、最小限に留められながらもどこか品のある装飾が施されたこのネックレスは、きっと素晴らしく腕の良い職人が作ったものだろう。

「これは……？」

「アレキサンドライトだ。ただ普通のアレキサンドライトとは違って、悪意のある魔力に反応して赤く光る。もしものための護身用として、私からのプレゼントとしても、受け取ってもらえないだろうか」

なんてこと……魔力に反応するアレキサンドライトなんて、国宝級の代物だ。ただでさえアレキサンドライトは我が国では希少な宝石なのに、それに加えて特殊な性質を持つなんて……

あまりの代物に狼狽えていると、殿下はネックレスを手に取り、わたくしにそっとつけた。

「うん、やっぱりよく似合う」

殿下は頬を緩ませている。

「で、殿下！　このような特別なもの、受け取れませんわ！」

こんなものを『わぁ、ありがとう！』なんて素直に受け取れる人は、はたしているだろうか。

「クローディア、これは君を守るためのものでもあるんだ。学園にいる間だけでいいからつけていてほしい」

「……分かりました。ありがとうございます。大切にします」

殿下の真剣な様子に思わず頷いてしまった。それを見て安心したように笑顔を浮かべる殿下を見て、これを作らせるほど心配をかけてしまっていることを知る。

またそれとは別に、初めての殿下からの贈り物に、ほんの少し胸が高鳴ったことは秘密だ。

殿下に言われてから意識してみると、確かに至るところでアイシャ様の姿を見る。廊下の柱から、人混みに紛れながら、木の陰からなど、ピンクの頭のおかげでそれはそれはよく目立つ。

そして今もそうだ。

メアリ様と二人で歩いている廊下の左脇にある曲がり角から、ヒョコヒョコとピンクの頭がのぞいている。気づかれていないと思っているのだろうが、正直最近は気づかないフリをするのもしんどいくらいに、日に日にエスカレートしている。これは声をかけてくれということだろうか。もういっそそうしてしまったほうが楽な気がする。

一瞬そんな考えが頭をよぎるが、アイシャ様の狙いがそこにあるのは火を見るより明らかだ。彼女の目的はおそらく、わたくしに声をかけられること。だからわざと目立つようにしているのだろう。我慢の限界を迎えつつあるが、ここで負けると彼女の思う壺。なんとか耐えるしかない。

「メアリ様、次の角を右に。その後はわたくしについてきていただけますか？」

後ろからついてきているアイシャ様には聞こえないようにメアリ様に告げる。こういう時に取る対応は一つだ——撒く。

わたくしの逃げ場、それは一年前まで一人で昼食をとっていた誰も知らない場所。茂みを抜けないといけないし、いくらアイシャ様でも諦めるだろう。

「分かりました」

メアリ様も笑顔で頷く。周りから見ればただ談笑しているようにしか見えないだろう。ここ最近この手のスキルがどんどん向上しているように思う。

角に差し掛かった時、素早い動きで茂みに入る。少し進んでから様子を伺うと、茂みの隙間から困惑しているアイシャ様の姿が目に入った。

「うまく撒けたわね……」

「本当にしつこいですね。なんの目的でクローディア様をつけ回しているのでしょうか……」

「分からないわ……。でも嫌な予感がする。そもそもわたくしに対抗する派閥を作ろうとしている時点で敵対していることは明らかだわ。派閥形成も順調なようですし」

「クローディア様のこの隠れ場所もいつバレるか分かりませんし、いつまでもここにいるわけにはいかないですね……」

メアリ様はアイシャ様がいなくなったのを確認すると茂みから出た。

中庭の外れだからか、周囲にも誰もいない。

「クローディア様、そのネックレス、ジルベルト殿下からですよね？　それがあるなら安心です。私、すぐそこまでアイシャ様がいないか見てきます」

メアリ様が先にある剪定されている木を指差した。ほんの十メートルほどの距離だったし、姿も確認できたので了承した。

メアリ様が様子を見に行ったその時、後ろの茂みから声がした。

「ああクローディア様、こんなところに隠れていたのね……。やっと見つけた。本当に一人になってくれないから苦労したわ。あなたが私に声をかけてくれないとイベントも始まらないじゃない」

背筋の寒くなるような声の主は、顔を見なくても分かる。

「……なんの御用ですか。毎日毎日しつこいほどつきまとってくるくらいですから、それ相応の理由がおありですよね？」

後ろを振り向かずに言う。

「用なんて……。クローディア様なら分かってると思うんだけど。毎度毎度私のイベントを横取りしてるの、気づいていないとでも思ってた？　もう隠しても無駄よ。あなたも『転生者』なんでしょ？　悪役令嬢がヒロインを陥れるのは最近流行だったもんね、自分もその流行に乗っかってやろうとでも思っちゃった感じ？」

「……一体なんのことですか？」

転生を言い当てられた時はドキッとしたが、そのあとの悪役令嬢だのヒロインだのは心当たりが微塵もない。アイシャ様は何か勘違いをしているようだ。

混乱するわたくしを置いて、アイシャ様は言葉を続ける。

「しらばっくれないで。そもそも性格が元のクローディアと違いすぎるんだから、あなたが転生者なのは分かってるのよ。今はジルベルトが側にいるから調子に乗ってるかもしれないけど、あなたも分かってるでしょ？　クローディアはどうやっても幸せにはなれないの。さっさと諦めて正しいストーリーに戻して」

「あの……何をおっしゃっているのか分からないのですが……」

「同じ日本出身のあなたには話しておくけど、私、転生はこれが初めてじゃないの。最初、ここがゲームの物語の世界だと知らずに生まれた。その時のあなたは、今思えばシナリオ通りに動いてくれてたわ。ただ私がちょっとミスしたこと以外はね」

「ミス？」

「攻略法を知る前だったからね。好き勝手生きてたら、いつの間にかジルベルトも離れていって、国政も荒れに荒れたから……。まぁ、攻略失敗からのバッドエンドってとこよ。で、結構早く死んだんだけど、その後転生したのが日本だったってわけ。びっくりしたわ、さっきまで自分が生きてた世界がゲームの中の架空の世界だっていうんだもん」

アイシャ様は笑いながらそう話す。

彼女の言うことの九割は理解できない。この世界が架空？　日本なんていう国は聞いたこともない。

「前世の世界がゲームだって分かったらもうおかしくて。あんなに苦労したのにこんなに簡単に攻略できるのかって拍子抜けしたわ。あなたもそう思わない？　あのゲーム、乙女ゲームの中でも特に簡単だわ。あなたも災難ね、クローディアに生まれ変わるなんて。クローディアはなんだかんだかわいそうなキャラだったものね」

「いえ、本当に何をおっしゃっているのか分かりかねますが、この世界は架空などではないと思いますわ。転生したからといって同じことが起こるとは限らないし、そもそも同じ世界だとも限らない。単なる人間の私たちには一生かけても分からないことだわ。アイシャ様も決めつけて行動すると後悔することになりますわよ」

「そう。前世日本出身同士、できれば平和に解決したいとは思ってたんだけど。なるほど、交渉決裂ってことね。せいぜい頑張るといいわ、しょせん悪役だもの」

「わたくしはそもそもその日本人とやらではありませんわ。ここは貴族社会、自分本意な行動は慎むことをお勧めします。忠告はしましたからね」

その時、後ろで木がガサッと揺れる音がした。アイシャ様がその場を去ったのだろう。

メアリ様もちょうど帰ってきたが、先ほどのことを伝えても混乱させてしまうだけだろう。黙っておいたほうがいい。

アイシャ様がまさか転生者だったとは想像もしなかった。しかも、もし彼女の話が本当ならば、この世界は架空の「ゲーム」の物語の世界。そうなれば、筋書きや攻略法を知っているほうが断然有利になる。先ほどは強がってみたが、正直怖い。彼女がこの日常を壊そうとするならば、それはかなり大変なことになるだろう。

わたくしは胸元のネックレスを無意識に握りしめた。

このネックレスからは不思議な力を感じる。先ほどアイシャ様と普通に話せたのはこのネックレスの存在が大きいだろう。包み込まれるような、暖かな魔力。大丈夫だと、何故かそう思える。

アイシャ様とこれ以上関わらないようにするのは無理かもしれない。今の彼女の考えを正さない限り、事は解決しない。

言わせない。この世界が単なるゲームだなんて。今までのことが全て無駄だったなんて。前世で起きたことも、今自分が経験してきたことも、全て自分の力になっていると自信を持って言える。

ならば正々堂々とアイシャ様に立ち向かう。もう、彼女には屈しない。


「クローディア、どうしたの？　険しい顔をして。何かあったのなら遠慮なく言っていいのよ？」

それからわたくしはアイシャ様を避けるのをやめた。これ以上逃げていても何の解決にもならない。何かを変えるには自分が動かないといけない。

しかし、アイシャ様もあの日からわたくしへの当たりが強くなった。彼女曰く、シナリオ通りに進めるためらしいのだが、それがとんでもなく陰湿なものだった。直接的な嫌がらせや、暴力などはない。が、何かと話しかけてきてはわたくしが不利になるようなことを次々と口にする。それはもう自然に。この前の授業の時のように、わたくしたちの関係を知らない人が見れば、わたくしがアイシャ様に害をなしているようにしか見えないようなやり方で。

初めはその場に一緒にいたリーラ様やメアリ様がわたくしを庇ってくれたが、アイシャ様はいつも一人で来る。一人の相手を複数人で、しかも声を荒らげればわたくしの立場は余計に悪くなる。そのため二人には何も言わないでほしい、と伝えた。

こういう時、殿下がいれば場が穏やかに収まるだろうが、おそらくアイシャ様の派閥の差し金なのか、生徒会の仕事が急に忙しくなったようだ。思ったより何倍も厄介な相手だ。

しかも元平民のアイシャ様が公爵令嬢、隣国の王女に虐められている、という噂が流れると、今まで無関係だった生徒たちも次々とアイシャ様の派閥に入っていった。

これがアイシャ様の言っていた「悪役令嬢」というやつなのね。

今のアイシャ様は故意にこの状態を作っているが、彼女の言っていた「ゲーム」では、きっとこれが自然に起きるのだろう。おそらくこれを知らなければ悪役はもっと焦り、状況を悪化させてしまう、そういう仕組みなのだ。

だが、良くも悪くもアイシャ様はそれなりに参考になる情報を出してくれた。

「大丈夫ですリーラ様。本当に何かあった時は必ず言いますわ」

やられてばかりではいられない。そんなことはプライドが許さない。平穏な生活は必ず手に入れる。アイシャ様の策略なんかにはまるものか。


「クローディア様、アイシャ様がいらっしゃいます。お気をつけください」

アイシャ様がわたくしのほうに向かってくる。明らかに何か企んでいる様子だ。

アイシャ様のいつもと違う様子にいち早くメアリ様が気づき、注意を促した。できるならば引き返したい。今すぐにでもこの場から離れ、彼女と関わりたくなかったが、ここまで来たら引くことなんてできない。

「クローディア様、お待ちしていました。あら、今日は取り巻きの方もご一緒なのですね」

アイシャ様がクスリと笑う。取り巻きとはメアリ様のことを言っているのだろう。

「取り巻き、とは心外ですわね。彼女はわたくしの大切な友人です。いくらあなたでもわたくしの友人を悪く言うようでしたら容赦はいたしませんわよ」

「あら、こわい〜！　クローディア様ったら、こんなことで怒っちゃって！　……人形のくせに人間っぽくしたって意味はないのよ？」

蔑むような下品な視線を頭の先からつま先まで送ると、アイシャ様は微笑んだ。

「まぁ、関係ないか。あなたのおかげでずいぶんシナリオが狂ってしまったけど、今日で全て元に戻すわ。私が主役のこの世界で、あなたが大きな顔をしてヒロインを気取ってるその態度、本当に目障りだわ」

「……クローディア様、アイシャ様は何をおっしゃっているのですか？」

自分たちが悪く言われていることは分かっても、話の端々に聞こえる単語の意味が分からないメアリ様が、気分を害した様子で聞く。

「彼女の言うことは無視して構いません。正直わたくしもよく分かっていませんもの。ひどい妄想癖でもお持ちなのでしょう」

それにしても変だ。今日のアイシャ様は自分が悪役になっても構わないとでもいうように、普段とは違う言動を繰り返す。この違和感には必ず裏がある。感情的になってはいけない。おそらく、わたくしが感情的になることが彼女の狙いなのだ。

「アイシャ様、ずいぶんとおかしなことをおっしゃいますが、わたくしたちも忙しいのでもうそろそろよろしいかしら。用がないのなら時間の無駄だわ」

そう言い放ち、わたくしはアイシャ様から背を向けた。

——その時だった。

アイシャ様がわたくしの腕を勢いよく掴んで引っ張った。

しまった！

わたくしがいるのは階段の一番上。気づいても、時すでに遅し。

アイシャ様の目的は、わたくしを階段から落とすことだったのね！

そう思ったが、腕を引っ張られたのはほんの一瞬で、すぐにその腕は自由になった。

――違う！

アイシャ様はわたくしの腕を振り解き、自ら階段へ身を投げ出したのだ。

アイシャ様が自分自身を危険に晒すなんて想像もできなかった。彼女の目的は、最初からわたくしに階段から突き落とされることだったのだ。

今までさまざまな噂が流れたが、わたくしがアイシャ様に直接的に何かしたという噂はなかった。しかし今の状況は誰がどう見ても、言い争いの後、わたくしがアイシャ様を突き落としたように見えただろう。彼女の妙に挑発的な言動の数々も、そう考えると頷ける。

世界がスローモーションに見えた。

やってやった、という達成感に満ちた表情で落ちようとするアイシャ様の顔を見ると、無性に腹が立った。

とっさにアイシャ様の手を掴んだ。このまま彼女の思い通りになんてさせるものか。遠心力を使い、彼女の体を力一杯上へ引き上げた。

そして――グルッと自分の体が宙に投げ出される感覚がした。

青ざめて手を伸ばすメアリ様の顔が遠ざかる。自分がもうすぐ地面に叩きつけられることを感じ、とっさに目をギュッと瞑った。

……もういいわ、どうせ終わる人生のことなんて。

なんだか力が抜け、ただ押し寄せるであろう衝撃と痛みを待った。

……が、いつまで経っても痛みは押し寄せてこない。それどころか、温かな何かに包まれている。

わたくしは強く閉じていた瞼を震わせながら、そっと開けた。

「ジル……ベル……」

「クローディア……」

いるはずのない殿下がそこにいた。名前を呼ぼうとしたが、それは彼自身によって遮られた。息を切らし、不安げに揺れた瞳をわたくしに向け、ギュッと強く抱きしめられた。

「クローディア……。よかった……生きてる……」

声を揺らしながら、わたくしを横抱きにしたまま再度強く抱きしめる。彼の心臓が早鐘のように打っている。息も切らしている。

走って、来てくれたのだろうか。

どうやって？　どうして？

そんな疑問符ばかりが頭に浮かぶが、それは彼の見たこともない冷酷な眼差しによりかき消された。

「アイシャ嬢、これは一体どういうことだ？　聞きたくもないが、一応説明をしてくれないだろうか」

普段の温厚な殿下の面影はそこにはなく、怒りの色を強く滲ませ、アイシャ様に視線を据える。

「私は……クローディア様に階段から落とされそうに……」

「ほう？　それで？　どうしてクローディアのほうが落ちているのか、もちろん理由はあるんだろうな？」

「……っ！」

さすがのアイシャ様も異様なまでの冷たい視線に耐えられなくなったのか、黙り込んでしまう。

「まぁいい。今はお前なんかよりもクローディアのことが最優先だからな。メアリ嬢、この状況を教師に報告しておいてくれ」

そう言うや否や、殿下はわたくしを横抱きにしたまま歩き出した。

「あ、あの……！　どこへ……」

アイシャ様に対して向けていた背筋の凍るような冷たい視線が嘘だったように殿下は微笑み、わたくしを優しく抱きかかえたまま歩いてゆく。

「医務室に決まっているだろう。聞きたいこともある」

「それならせめて下ろしてください。一人でも歩け……」

「それは無理だな。自覚がないかもしれないが……クローディア、さっきからすごく震えてる。それではまともに歩けないだろう。まぁあの高さから落ちたんだ、恐怖を感じるのは当たり前だ。ここは素直に甘えてくれ」

そう言うと、殿下はわたくしの背中をトントンと優しくあやすようにしながらさすった。

そして初めて、わたくしは自分が震えていることに気づく。さっきはとにかく必死だった。悔しくて、無我夢中で、運命に抗いたくて……負けたくなかった。

でも、あの時は何も感じなかったのに、今では形容しがたい恐怖が脳を支配している。何が怖かったのか。それは分からない。本能的に感じた「死」。すでに一度経験したそれは、わたくしの中にある不安を増幅するには十分すぎるほどのものだった。

しかしそれは殿下の刻む一定の心地良いリズムによってすぐに落ち着いた。どうしてこんなにも安心するのだろう。大丈夫だ、と本能に訴えかけるような、恐怖の氷を溶かすようなそれは、とても温かかった。

殿下が医務室の扉を無造作に開けた。今は席を外しているのか、そこに医師の姿は見えない。

窓際の日当たりの良いベッドに行き、そっとわたくしを下ろした。

「ありがとう……ございます」

「手を出して」

一瞬躊躇(ためら)ってしまった。理由は自分でも分からない。

「クローディア、出して」

少し強めに言われてしまった。おずおずと手を差し出すと、殿下の表情は険しくなった。

「アイシャにやられたのか？」

アイシャ様と揉み合った際についた傷は、思ったよりも深く、痛々しかった。

「そのようですね。でも大丈夫ですわ」

殿下は無言になり、傷ついた腕に処置を施してゆく。

「クローディア、君がいつか話してくれるだろうと思って待っていたんだが……。もう無理だ」

静かな医務室の中に響いたその声は、苦しそうだった。

「何を隠している……。こんな怪我を負っても、私たちには言えないことなのか？　アイシャが転入してきてから、いや、そのずっと前から、君はずっと何かを抱えている。いつそれを話してくれるのか、ずっと待っていた。どんな話でも、クローディアが言うのなら私は信じる。……頼ってくれ。頼むから。私はそんなに頼りないか？」

わたくしは迷った。

殿下はどんな話でも信じると言った。わたくしも彼を信じたい。できることならもっと周りに助けてほしかった。でも、転生？　斬首？　そんな話を誰が信じるだろうか。それだけがずっと不安だった。でも。

医務室に少しの間、静寂が訪れた。

迷った後、わたくしは思い切って口を開いた。

「わたくしは……一度死んだのです」

迷い、やっとのことでその一言を絞り出した。殿下の反応が怖くて顔が見られない。俯いたまま処置を施された腕を眺める。

殿下は何も言わない。ただ、この誰が聞いても戯言にしか聞こえない言葉を静かに聞き、続きを促すかのように沈黙を通した。

「この話は、誰にも、本当に誰にもしたことのない話です。これが真実なのかもわたくしには分かりません。それでも……」

「いい。どんな話でも、それがクローディアが苦しんでいる原因ならば、私は全て受け入れる」

静かに、優しく響く殿下の言葉は、わたくしの心の氷を溶かすには十分だった。

「……わたくしには、前世がありました」

ポツポツと、途切れ途切れになりながらも、自らの知る全てのことを話した。

前世もここと同じような世界だったこと。そこでも婚約関係にあったジルベルト殿下に婚約を破棄され、アイシャ様の陰謀で大切な人も、わたくし自身も命を落としたこと。気がつけば、第二学年のはじめに逆行転生していたこと。

自分が話していたのがどのくらいの時間だったのか分からない。とてつもなく長く感じたそれは案外短かったのかもしれないが、時計を見る余裕なんてなかった。

殿下はただその美しい瞳をわたくしから逸らすことなく、静かに話に耳を傾け続けた。

「アイシャ様は、この世界が架空の世界だと言いました。「ゲーム」の物語の世界だと。にわかには信じがたい話ですし、わたくしも最初は混乱したのですが……。ただ、よく考えると、わたくしが物語の中の『悪役令嬢』役だとすれば、前世で理不尽に殺されたことにも納得がいきます。物語は主人公が最後に幸せになれば、それでいいのですから」

「……それで、アイシャは自分が主人公だと思っていて、暴走を繰り返している、と」

そこで初めて殿下は口を開いた。怒りやら何やらを孕んだその声は、わずかに震えている。

「そのようです。最初はわたくしにジルベルト殿下のことを諦めろ、と言っていたのですが、断ると次はわたくしを陥れるために派閥を作り、全面的に争う姿勢で……」

そこまで言うと、殿下は徐に立ち上がり、片手で髪を掻き上げながら苦しげに息を吐いた。

「私は……」

美しい瞳を揺らしながら静かに言葉を口にした。

「本当に……すまない……」

「殿下が謝ることは何一つありませんわ！　わたくしが死んだのも前世の話です。その時の殿下もあなたではありません。別の……別の殿下ですわ。ここは、あの世界ととてもよく似ています。でも……わたくしにとっては全く別の世界だから……」

「いや、頼む。謝らせてくれ……。たとえ別の私だったとしても、君の心に消えない傷を負わせたのは同じ『ジルベルト』だ。君が前世で負った深い心の傷は、こんなことで消えないのは分かっている。しかし……本当にすまなかった」

「殿下……」

殿下はわたくしの手を握り、きゅっと握った。その手にもう片方の手をそっと重ねる。

「先ほども言いましたが、いいのです。今の殿下がわたくしに謝ることなどないのです。だって全くの別人ですもの。でも……ありがとうございます」

突然荒唐無稽な前世の話をされ、しかもその世界で自分が罪を犯していたと言われ、それを無条件に受け入れ、謝ることのできる人間がどれほどいるだろうか。

前世での殿下に対しては正直あまり良い印象はなかったが、今の殿下の態度や言葉の節々から感じられる心遣いには優しさが滲んでいた。それだけで嬉しい。この運命にだって抗えると証明しているようだった。殿下への感謝の気持ちが溢れ、しばらく見つめあう。

殿下がパッと手を離した。耳が少し赤くなっている。

その時、トントン、と扉を叩く音が聞こえた。

「クローディア、いるかしらっ！」

大きく扉を開けながら入ってきたのは、息を切らせたリーラ様だった。

「リーラ様！」

「よかった……。意外と元気そうね。階段から落とされたって聞いて、もう気が気じゃなかったわ！あの女、いつかはやると思っていたのよ！」

「わたくしは大丈夫です。殿下が助けてくださいましたので……」

リーラ様はわたくしたちを交互に見るとニヤリと笑った。

「へぇ……。殿下、なかなかやるじゃない。クローディアへの愛の賜物かしら」

「愛……？」

リーラ様の言葉の意味がよく分からず、殿下のほうに目線をやる。途端、顔を赤くした殿下は手で口元を覆いながら数歩後ろに下がった。

「まだ気づいてもらえないなんて、あなたもかわいそうね。思い切ってジルって呼んで貰えばいいのに」

「ジル……ですか？　しかし殿下を愛称で呼ぶなんて恐れ多くて……」

「私は構わない。いや、むしろジルと呼んでくれると嬉しい……。前々から私だけクローディアと呼び捨てだったからな。これくらいでちょうどいい」

殿下がいいと言うのなら拒否する理由はない。殿下……いえ、ジルは嬉しそうに無邪気に笑った。いや、やっぱり恥ずかしい。無理だ。

「さて、お二人がイチャイチャするのも見られたことだし、そろそろ今後のことについて話しましょうか。今はメアリとアラン、エイダンが騒動を収めてくれてるわ。教師たちへの報告もしたようだし、アイシャはとりあえず学園の生徒指導室に連れて行かれた。事情を聞かれている頃じゃないかしら。流石に今回のことはやりすぎね、彼女の小賢しい演技も小細工も通用しないわ」

おそらくアイシャ様本人にも予想外だっただろう。自分が落ちて、その犯人に仕立て上げるはずのわたくしが落ち、自らの立場が危うくなってしまった。今の状況だと、どう考えてもアイシャ様が悪役だ。しかし、彼女がどんな状況でもこれでもかというほど抗う性格であることはわたくし自身がよく知っていた。前世でも、婚約破棄すればそれでいいはずなのに、わたくしとその周りの者を全て殺そうとするくらいに欲が強いのだ。自分が欲しいと思ったものは全て手に入れないと気が済まないのだろう。

「ただ、場所が悪かったわ。目撃者が少なくて、アイシャが犯人だという証拠も、今のところメアリの証言しかない。アイシャの派閥が必死でアイシャの解放を求めてる」

「そうなると難しいな……。これという確かな証拠がないと、アイシャ派閥のメンバーに押し切られてしまうかもしれない」

ここは平等主義の学園だ。どんなに低い爵位の者でも、発言の権利や力は同じだ。そこでは王太子の力も、隣国の王女の力も、筆頭公爵令嬢の力も及ばない。

「とりあえず、しばらくはアイシャは学園に来ないだろう。その間に計画を立てよう」

◇◆◇

アイシャは数日学園に来ない——そう思っていた矢先、耳を疑う知らせが飛び込んできた。

「アイシャ様が……明日から学園に登校……？　どうして？　昨日聞いた話だと、彼女は一ヶ月の停学処分だって……」

「私たちにも分からないんだ。ただ、彼女と話した教師は口を揃えて『アイシャは悪くない』と言い張る。この言葉だけでも不自然だが、もっと不自然なのは、皆虚ろな目をしているんだ。瞳に光を宿していない。どこか遠くを見るような目だ。気味が悪い」

一度見たら忘れられないような奇妙な目だった。考えられるとすれば何かの魔法か、薬物か。魔法に詳しいリーラ王女に調べてもらってはいるが、まだ何も分からない。

「とにかく、クローディアはアイシャには近づいてはいけない。あの女は今何かおかしい」

次の日、早めに登校して教室で話をしていると、不意に廊下がざわめいた。誰が来たかはすぐに分かったが、何やら皆の様子が違う。だんだんと近づいてくる喧騒は、そのまま教室へと入ってきた。

——!?

どういうことだろうか。たくさんの生徒が——アイシャの周りを取り囲み、笑っている。恐ろしいほど虚ろな瞳で。

背筋の凍るような気味の悪い目をして、まるで吸い寄せられるかのようにアイシャの周りにいる。

しかしそれよりも——私は目を疑った。

「なんだあの髪は……」

「セレスタイトでも見たこともないわ……何よあれ……」

アイシャのピンクの髪は、その毛先がグラデーションのように濃い紅に変色していた。そう、私の初恋の相手——ハンナのように。

「……殿下？ どうなさいました？」

驚きで言葉を失っている私に、クローディアが心配そうに話しかけてくる。

「……いや」

あんな髪、ありえないはずなのだ。それなのに、突然目の前の人間がその特徴を持った。もう意味が分からない。ハンナは人間だったのか？ いや、でもどの記録にもなく、両親ですら知らない人物だったのだ。何が起こっているのだろうか。理解の範囲を大いに超えたそれは、私の思考を乱すには十分だった。

私たちがその光景を見て固まっていると、アイシャが満面の笑みでこちらに向かってきた。

「ジルベルト殿下、おはようございます！ しばらくお会いできなくて寂しかったです」

どんな神経をしているのか分からないが、数日前にあった階段での出来事など忘れたかのように熱い視線を送ってくる。

「復学できてよかったじゃないか」

私は冷たい目をアイシャに向けるが、彼女は怯むことなく言う。

「殿下、私やっぱり殿下のことが好きです。クローディア様なんてやめて私と婚約しましょうよ」

………？

何を言っているんだこの女は。

自分の立場というものを分かっているのだろうか。というか、自分がつい数日前に何をやらかしたのか覚えていないのだろうか。

が、周囲からおかしな声が聞こえてきた。

――そうですわ！　アイシャ様がふさわしいです。アイシャ嬢のほうが可愛い。それはとても良いお考えですわ！

虚ろな目をしたままのアイシャの大勢の取り巻きたちが口を揃えてそう言い出したのだ。

「アイシャ様、不敬ですよ。いくらここが学園でも、最低限のマナーと礼儀があります。それ以前に常識の問題ですわ」

クローディアが呆れたように口を挟んだが、アイシャは想像と違う反応を見せた。

「あれ？　クローディアには効かないのかな？　転生者だから？」

アイシャが何かぶつぶつ言っている。何が効かないのだろうか。

「アイシャ嬢、そのような発言は慎んだほうがいい。私は君が思うほど穏やかではないのでな。それと……お前がクローディアにしたこと、私は何一つとして許さない。あまり調子に乗らないほうが身のためだ」

今は一般生徒がいるから笑顔の仮面をつけてはいるものの、大切な人を傷つけたアイシャへの憎悪を隠せない。

「……え？　嘘……なんでジルベルトにも効いてないのよ。こんなの聞いてないわ……」

アイシャが一歩後退りながらぼそっとこぼす。やはり何かしていたらしい。

「も、申し訳ありませんでした。今のは忘れてください」

アイシャが勝手に会話を終わらせ、部屋から出て行った。そして異様な数の取り巻きもその後をついてゾロゾロと出て行った。

まるで渡り鳥の大移動だ。

「殿下……お話があるのですが」

「ああ、奇遇だな。私もだ」

「わたくしもよろしいかしら」

あの光景に疑問を抱いているのはクローディアだけではなかった。そして、それぞれに気になることがあるようだ。おそらくあの様子だと教師にも何かしたのだろう。今日、いや、これからの授業はないと思ったほうがいいのかもしれない。

わたくしたちは教室から出ると、生徒が学習や話し合いなどに自由に使うことのできる部屋に移動した。幸いなことに、誰もいなかった。が、それは一方でこの学園の大半の生徒をアイシャ様が操っていることを示している。重い沈黙の中、まず殿下が口を開いた。

「各々思い当たることがあるようだが、まずは私からいいか？　アイシャのあの髪、色は違うが、私は幼い頃に似たような髪を見たことがあるんだ。今までそれは夢か何かだと思っていたんだが、アイシャの髪を見る限り、どうやらそうではないらしい。髪の色を変える魔法や技術はないが、それが現実にできているということは、私たちの知りえない何かがあると考えたほうがいい」

「殿下の言う通りだわ。それに、あの周りの人間を操るようなあれ、どうも気になる。仕組みが全然分からないわ。一体どうやって……」

リーラ様が顔に手を添えて考え込む。

「リーラ様は魔法に詳しかったですよね？　何か近しい魔法はないのですか？」

「前に催眠魔法を使っていただろう？　少し高度でも、何か魔法を組み合わせて人を操ったりすることはできないのか？」

メアリ様と殿下が尋ねるが、リーラ様は首を横に振った。

「人の精神、記憶を直接いじるなんて魔法じゃできないわ。魔法の主な用途は相手を攻撃すること。魔物などに対抗するための手段にすぎない。この前クローディアを眠らせたのも、クローディアの周りの大気を温めて体温を上げて、眠りを司る神経を刺激して眠りを促しただけだもの。クローディアもあの時疲れていたようだし、あくまでもクローディアの体に『寝たらどう？』と言ってみただけよ。その状態に近づけることはできても、魔法で直接は無理よ。それに、もし可能だとしても、あの程度の魔法しか使えないアイシャにそんなことができるとは到底思えないわ」

「魔法ではない何か、ですか……。確か、アイシャ様がクローディア様とジルベルト殿下には何かが『効かない』と言っていましたね」

メアリ様がぼそっと呟いた。

「魔法を防ぐこと……。それは無意識にできるものなのか？」

「魔法を防ぐことは、できると言えばできるわ。でも、かなり術式が複雑よ。自らの意思なしで無意識下に発動させることなんてできないわ。アイシャは二人に効かない、と言っていたけど、あの状況でわたくしやメアリ、それにアランとエイダンを操らなかったのは不自然だわ。多分、わたくしたち皆、アイシャの力が効かないのよ」

彼女の力が効かない——理由は分からないが、これは破滅を免れるのに最重要なポイントと言ってもいいだろう。

アイシャ様が突然危険な力を得たこと。その力が彼女の魔力量では絶対に使えないものであること。不明な点はあまりにも多い。

その時だった。

「救国の……」

エイダン様がハッとしたように呟いた。その言葉にリーラ様が反応を示す。

「なるほど……！　そうかもしれないわ！」

「ど、どういうことですか？　すみませんが、分かるように説明してください！」

二人の反応を見たメアリ様が身を乗り出して聞いた。

「魔法ではない強大な力……。聞いたことがあるのよ。皆も名前くらいは聞いたことがあるんじゃなくて？」

リーラ様が興奮気味に問いかけるが、エイダン様以外は皆首を傾げた。

「すみません……。私は聞いたことが……」

「私もだ。その名前は聞いたことがないな」

「ジルベルト殿下が知らないことは俺も知りませんね」

「わたくしも知りません。一体どういうものですか？」

リーラ様とエイダン様は顔を見合わせ、わたくしたちがそれについて知らないことをとても不思議がっている。セレスタイトでは常識なのだろうか。

「本当に知らないの？　救国の聖女よ。そうね、今から何年ほど前かしら……。わたくしたちが生まれる少し前のことよ。この大陸で大規模な世界大戦が起きようとしていたことがあったでしょう？　その時に自ら戦場に赴き、不思議な力で所属する国にかかわらず負傷していた全ての兵を治療し、民を導き、その手で平和を謳って戦争を止めた女性がいたの」

「その方の力は魔法ではなく、神によって直接与えられた聖なる力だそうです。彼女自身は魔法は得意ではなかったようですが、魔力量、魔法の実力にかかわらず強大な力を発揮したそうです。これが何か関係しているかもしれません」

リーラ様とエイダン様が説明してくれた。

その「救国の聖女」の話は初めて聞くが、彼女の力の特徴は確かにアイシャ様のものと似ている。聖女は平和のためにそれを使い、アイシャ様は悪用しているという違いはあるが。もし仮にアイシャ様がなんらかのきっかけでその力を手に入れたとすれば、魔力量の大して多くないアイシャ様が広範囲で不思議な力を操ったことも納得できる。

「ちなみに、その『救国の聖女』は今どこに？」

もしその「救国の聖女」を連れてこられたら、アイシャ様に対抗できるかもしれない。そう希望を抱いてリーラ様に聞いてみると、リーラ様は困ったように俯いた。

「それが……分からないの。そもそもわたくしたちが生まれる前の話だから詳しく知らないのは当たり前だけれど、わたくしたちが聞いた話もこれで終わっていて……。彼女の正体も結局のところよく分からないのよね。一説によると、生まれた国へ帰ったとか、もうすでに亡くなったとか聞くけれど……」

「そう……ですか」

確かに、わたくしたちが生まれる前の話ならば、もうそれなりの年だろう。具体的な年齢が分からないが、わたくしたちの母親くらいの年でも不思議ではない。

「それにしても不思議ですね。これは全世界共通で語り継がれている話なのに、サードニクスの方々はご存じないとは……」

エイダン様も不思議そうだ。そう言われても、本当に知らないのだから仕方がない。そんなに有名な話ならこの中の誰か一人くらい知っていても不思議ではないのだが、博識な殿下すら知らないとは。

「でもこれで、アイシャの力の目星はついたわね。問題はそれが本当に『神』に与えられた力なら、対抗する手段が全く分からないってことよ。まだ魔法ならどうにかなったかもしれないけれど、もうお伽噺の世界だわ。そもそもどうやってそんな力を手に入れたのかしら。普段の行いは神に力を授けられるほど褒められたものではないのに」

それはわたくしも思っていた。アイシャ様は嫌がらせこそすれ、力を授けられるような行いはした試しがないはずだ。そんなアイシャ様が神の祝福を受け、力を与えられたとは到底思えない。アイシャ様は転生している。何か力を得る方法が別にあったと考えるほうが自然だろう。

それからまた、いつものような日々が始まった。いつものように「見える」日々が。

授業？　そんなものはあってないようなものだ。現在の学園は全てがアイシャ様に都合良く回っている。私たちは常に警戒を怠らず、いつものメンバーで行動していた。

「……増えていますね。減っていく気配がないです」

メアリ様が周りのアイシャ信者たちの数を見て、眉間にシワを寄せながら呟く。

「そうね。せめて少しでも情報があればいいのだけど」

リーラ様の声に、アラン様が反応した。

「すみません、関係があるかは分かりませんが、俺、昨日変なものを見たんです」

——変なもの？

「昨日、中庭を歩いていた時、アイシャ嬢を見かけたんです。まぁ別にどこにいようがいつもなら気にしないんですけど、アイシャ嬢が何人かの生徒と一緒にいて、何か変なことをしていたんです。ちょっと気になって植木の陰から覗いていたら、会話も聞こえてきて」

「変なこと？　一体どんな会話だ」

「アイシャ嬢と生徒たちが言い争いになっていたんです。しかし次の瞬間、アイシャ嬢の右手が光って。白っぽいその光はだんだん強くなって、俺も目を開けられなくなったんですが、光が消えたと思ったら、周りの生徒たちはもう虚ろな目をしていて……」

「それ、決定的な瞬間じゃない。アイシャが生徒を操る瞬間を目撃するなんて！　アラン、あなたほとんど戦力にならないと思っていたけれど、案外役に立つじゃない」

「リーラ王女辛辣っ！　俺これでも普段は殿下の補佐とか諜報とかしてるんですけど！」

「はいはい分かったからもういいわ」

……この二人は、仲が悪いのだろうか。

「まだ続きがあるんです！　……全く、最後まで聞いてくださいよ。それでですね、変なこと、というのはその後なんです。俺、アイシャ嬢たちの話を聞くために急いで植え込みに走っていったんですけど、その時に手を枝で切ってしまっていたんです。でも不思議なことに、そのアイシャ嬢の発した光が収まると、ほら、傷が消えていたんですよ！」

アラン様は興奮しながら手を皆に見せた。彼の言う通り、その手には怪我が見当たらない。

「まさか癒しの力？　何よそれ、救国の聖女と同じ力じゃない！」

リーラ様が叫んだ。治癒の力を行使する——これは、ますますアイシャ様が手に入れた力が救国の聖女と同じものだという可能性が高くなった。

「待ってください。仮にその光が癒しの力だったとして、どうして生徒たちは操られたのでしょうか。それに、傷が治ったということはその力は確実にアラン様にも届いたということ。それなのにアラン様は操られていませんわ」

わたくしが疑問を投げかけると、リーラ様はアラン様から遠ざかるように一歩後退った。

「……あなた、本当は操られているんじゃなくて？」

「……神に誓って操られていません」

リーラ様とアラン様が軽く揉め始めたのを、殿下とメアリ様が仲裁している。

癒しの力、操られる生徒たち。魔法とは関係ないが、わたくしはあることを疑っていた。

「リーラ様、エイダン様。お聞きしてもよろしいでしょうか。その救国の聖女の癒しの力は、具体的にはどのようなものなのですか？」

「身体的な傷だけでなく心に負った傷も治せるそうよ。当時の戦争を止められたのも、傷だけでなく統治者たちの荒んだ心を穏やかにしたからとも言われているわ。癒しの力を施されたものは幸せになるの。精神的にね。どんなに辛いことでも聖女の力さえあれば幸福でいられる」

「そうですか……であれば、アイシャ様は皆に癒しの力を使い、多大な幸福感を与えることで、違法薬物のような効果を生み出しているのではないでしょうか。違法薬物は、摂取すると幻覚を見ることもあるそうですし。アラン様の話を聞く限り、操られていた生徒がアイシャ様と言い争いをしていたようなので、効果は永久ではないようですが」

今までの報告を聞き、わたくしが導いた答えがこれだった。

アイシャ様の力はある種の麻薬に似ている。サードニクスにはいくつか禁止されているものがある。その一つが違法薬物だ。一時の幸福を求め、精神、体を危険に晒すにもかかわらず欲してしまう強い依存性。それによる国の歪みを危惧した何代か前の国王が禁止とした。

「必要以上の癒しの力で、理性を飛ばすほどの幸福感に包まれる。生徒たちにとってはある種の夢を見ているような感覚でしょう。しかし夢はいつか覚める。力によって生み出した偽りの幸福から醒めた生徒たちに、また無理やり力を使い操っているのだと思うわ」

「クローディアの仮説が正しいとすれば、効果の切れた生徒には再び力を使わないと支配できないということか。アイシャが操っている人数は今や数え切れない。しかし力の効果が切れるたびに全員に力を使うことは不可能に近いだろう。あまり頭の良くないアイシャにしてはよく考えたとは思うが、重大な問題を見逃していたな」

今のところアイシャ様に操られている生徒から危害を加えられたりはしていない。殿下が常に一何故かアイシャ様の力が効かない。

緒にいるためだろう。殿下も操ることができれば違ったかもしれないが、生憎わたくしたちには何故かアイシャ様の力が効かない。

「なかなか有力な情報が集まったわね。しばらくはこのままでいきましょう。アイシャがどうやってその力を得たのかは謎だけれど、人を操る仕組みがなんとなく分かったのは大きいわ」

話はまとまった。

今回この結論に達することができたのは、リーラ様とエイダン様が教えてくれた救国の聖女の話のおかげだ。その話がどうしてサードニクスでは伝わっていないかは不明だが、わたくしたちにとっては貴重な情報源だ。

皆が部屋を出る。難しい話をしていたからか、外の光が心地良い。

こうしていれば平和な学園。アイシャ様が来たことで変わってしまったが、必ず元に戻す。

なんとしても、アイシャ様の思い通りにはさせない。絶対に。

「クローディア様！　おはようございます！　今日はいいお天気ですね！」

朝の爽やかな空気、柔らかな光、さえずる小鳥たちの声。

ええ、そうですね、今日は天気も良いし、こうしていればものすごくいい日です。

……朝っぱらからあなたの顔を見たこと以外は。

「あら、おはようございますアイシャ様。生徒たちを洗脳までしておいて、清々しいほどの開き直りっぷりですわね」

「えぇ……？　なんのことですかぁ？」

「あなたが力を隠す気もなく堂々とお使いになるから、もちろん調べたのですよ。それでなんですか？　自分が聖女とでも言う気ですか？」

朝、いつものように登校したわたくしを、取り巻きの一人も連れることなく単身で現れたアイシャ様が余裕の表情で挑発してきた。

「聖女？　ああ、それもいいですね。虐められたヒロインが聖女の力を手に入れて悪役に立ち向かうストーリーも燃えるし！　……でもそれはいいや。ねぇクローディア様、そろそろジルベルトと別れてくれる気になった？」

そう満面の笑みでわたくしの周りをうろうろしながら問いかける。

「我が国の王太子殿下を呼び捨てとは聞き捨てなりませんわね。いつの間にそのような親密な関係になられたのですか？」

「いつの間に……って、私はヒロイン、ジルベルトは攻略対象なんだから、呼び捨てして何か問題でもあるの？」

アイシャ様はきょとん、と首を傾げた。まだここがお遊びの世界だと思っているのだろうか。彼女の認識を改めさせることは諦めているが、この脳内お花畑発言の数々はどうにかしてほしい。

「ええ、常識の問題ですわ。それでよく貴族になれましたね」

わたくしはすかさず言い返した。

「……今回のあなた、そんなにはっきりと言う人だったたっけ」

言い返されるとは思っていなかったのか、アイシャ様が戸惑っているのが分かる。

「わたくしがあなたのことを良く言おうが悪く言おうが、全てあなたの力で皆の意見が変えられてしまうことは分かっています。手の打ちようがないのは認めますが、どうせ悪く言われるのなら、わたくしもはっきりと思ったことを言ってみるのもよろしいかと思いまして」

わたくしは優雅に微笑んで見せた。

ふとアイシャ様の手元を見ると、きらりと何かが光るのが見えた。

「あらアイシャ様、あなたそのような指輪をつけていらっしゃったかしら」

よく見るとそれは指輪で、不思議な輝きを放っている。しかし、アイシャ様の家の財力で買えるような代物ではない。

「ああ、あなた、ゲームをちゃんとプレイしてないのね。仕方ないから超上級者であるこの私が教えてあげるわ。これはね、あるイベントをこなすと手に入るアイテムなの。ある場所に行けば、そこに咲いている花の中の一つにこの指輪があるの。まぁ、まず攻略法を知らないと手に入れられないアイテムね。この指輪があればヒロインは癒しの力を手に入れられるのよ」

「あ、ああ。そんなものもありましたね」

全く知らない話だが、とりあえず無難に話を合わせておいた。アイシャ様はわたくしがまだ自分と同じ世界から転生したと思い込んでいるようだ。そのおかげで有力な情報が手に入った。

――あの指輪が、アイシャ様の力の秘密。

「分かった？　私は癒しの力を持った救国の聖女になって、ジルベルトと結婚するの。もうゲームの進行度的にもかなり後半にきちゃってるんだから、そろそろあなたも空気読んでよね。今まで私が譲ってあげてたんだから、逆に感謝してほしいわ」

わたくしが黙っているのをいいことに、アイシャ様は勝手なことを言い出した。

「そもそも主役の座を奪おうなんて、わがままもいいところよ。ほんっとうに厚かましいわ。特に今回の何よ、ジルベルトとちょっと仲良くなったからって攻略でもした気なの？　あなた本当に分かってる？　あなたがどれだけもがいたところで、しょせんクローディアは悪役令嬢なのよ！　聖女の力を手にして、ジルベルトに愛される私に嫉妬して虐めて、周りの人も巻き込んで、最後に断罪されるのがクローディアなの！」

……それについてはちょっと言いたいことがあるのだが。

「……おい」

その時、背後から低い声が響いた。

「ひっ……」

その殺気を纏った声に、アイシャ様が小さく悲鳴を上げる。

「聞き捨てならないな、もう一度言ってみてくれないか？　クローディアがなんだって？　ほら、どうした？　私がいると言えないことなのか？」

振り向かなくても分かるそのオーラに、周りにいた生徒たちも一瞬動きを止める。

「殿下……」

その聞き慣れた声に安心したわたくしは、声の主を呼んだ。

「おはようクローディア。すまないが、ちょっと下がっていてくれないか？　今回ばかりは私も我慢ができない」

一瞬こちらに優しい笑顔を向けた殿下はすぐにアイシャ様のほうを向き、そっと逃げようとしていたアイシャ様の進路を塞ぐようにして立つ。

「ジ、ジルベルト殿下。おはようございます……。いえ、私は少しクローディア様と話をしていただけです」

「ほう、私を殿下と呼ぶか。おかしいな、つい先ほどの会話だと私を呼び捨てにするのは当たり前、と言っていた気がするが？」

「き……聞き間違いじゃないですか？　ほら、最近貴族になったばかりの私生児がそんな恐れ多いことを……」

「恐れ多いなんて今更だな。私はお前のことを愛しているんじゃないのか？　私はクローディアを断罪してお前と結婚するのだろう？　おかしいな、私の聞き間違いか？」

まさか先ほどの会話を聞かれているなんて夢にも思っていなかったアイシャ様の顔色は、青を越してもはや真っ白になっていた。

「いや、まぁいいんだ。お前が私のことをどう言おうが別に気にはしない」

殿下の言葉に、アイシャ様がほっとしたように息を吐く。

「で？　早く教えてくれないか？　クローディアが？　何されるって？　……おいおい、固まるのは早くないか？　ただ話をしていただけなら言えるだろう？」

口調は笑っているが、殿下の瞳は一ミリたりとも笑っていない。完全な本気モードのようだ。

その視線にアイシャ様は口をパクパクと動かすが、声を出そうにも出ない様子だ。ギュッとドレスの裾を握り、俯きながら一歩後退るが、すぐに殿下が距離を詰める。そうこうしているうちに、ついにアイシャ様の背中は校舎の壁にぶつかった。

数秒の後、アイシャ様が突然へなへなと崩れた。腰を抜かしてカタカタと震えている。どうやら殿下の放つ殺気に耐えられなかったらしい。

アイシャ様は集まってきた取り巻きたちに支えられながらなんとか立ち上がり、そのまま校舎の中へと入っていった。

「クローディア、大丈夫か」

「殿下……。はい。あの、ありがとうございます」

もうアイシャ様の姿は見えない。腰を抜かしながらも逃げ足だけは早いのはさすがと言うべきか。

「……ん。あいつの言うことは何も気にしなくていい」

アイシャ様の言うことなど最初から気にしていないのだが、それでも先ほどの会話を聞いた殿下にとっては心配なようで、わたくしの髪をぽんぽんと撫でた。

「あの……。恥ずかしい……です」

先ほどの緊張状態から急にこういう雰囲気になると思考がついていかない。というかあまりにも突然すぎないだろうか。こういう人だっただろうか……？　慣れない経験で脳内がパニックを起こしかけている。

いやいや落ち着くんだ。殿下はわたくしがアイシャ様の話にショックを受けたと思って慰めてくれているのだろう。きっと他意はないはずだ。

「そ……れでですね、あ、そうだ。殿下、近々修学旅行がありましたよね？　そのことについてなのですが……」

急に話題を変えすぎただろうか。いや、これも必要なことだ。サードニクス王国立高等学園の伝統として、卒業を控えた最高学年生は三泊四日の修学旅行に行く。これは身分関係なく過ごしてきた生徒たちが貴族社会に正式に加入する前に、最後にそれぞれが思うように過ごすためのイベントだ。わたくしは前世ですでに経験済みだった。この時には殿下とわたくしは疎遠になっていて、殿下の班にはアイシャ様がいた。

「ああ……。今回はいろいろとイレギュラーなことが多いからな。アイシャとしてはその『イベント』を壊したくないのか、教師陣まで操っておきながら修学旅行はちゃっかり行うようだ。あの自己中にはほとほと呆れる」

修学旅行は、海と山に囲まれた街で班員たちと自由行動で楽しむものだ。前世ではわたくしは修学旅行に参加はしたものの、ほとんど旅行らしいことができずに、班員についていっただけで終わった。

殿下と二人、教室に歩みを進めながら話を続ける。

「あの指輪が問題ですね。殿下も先ほどお聞きになったと思いますが、アイシャ様の力の源はあの指輪です。あの指輪を無効化するか、アイシャ様から奪うことができれば、こちらに勝機があるでしょう……」

「問題は、脳内お花畑のくせに妙に用心深いあのアイシャがそう簡単に指輪を外すとは思えないことだな。今のアイシャにとっての切り札があの指輪なら、よっぽどのことがない限り外さないだろう」

「クローディア、朝から大変だったそうね……。一緒にいられなくてごめんなさい」

教室に入ると、リーラ様が騒ぎを聞いたのか、心配そうに声をかけてきた。

「リーラ様、いいえ、殿下が一緒にいてくださったので、幸い大事には至らずその場でなんとか事を収めることができました」

「酷いことを言われたそうじゃない。いくら芯の強いクローディアでも、傷つかないはずがないわ」

「アイシャ様はわたくしのことを邪魔者扱いしています。確かに……さすがに全て流すことはできません。大方の内容は予想通りでしたが、それでも直接面と向かってはっきり言われると少し……。ですが、今アイシャ様に弱いところを見せるわけにはいかないのです」

「あなたが頑張っているのは皆知っているわ。わたくしたちはクローディアのためならなんだってできる。だってあなたが大切だもの。それに……あなたはわたくしの最初の友達……だから」

はにかみながらそう言うリーラ様は久々に穏やかな雰囲気で、なんだか少しくすぐったい。

「最初の友達はエイダン様ではないのですか？　幼馴染ですし……」

「エ、エイダンは違う！　……っていうか、友達じゃないわ！　幼馴染は幼馴染、それ以上でもそれ以下でもないでしょ！　それにただの護衛騎士よ！　別に気になってなんかいないから！」

矢継ぎ早にそう言ったリーラ様は、一息で言ったからか少し息が切れていて、ほんの少し頬が染まっている。別にこちらが聞いていないことまで必死に弁明してくれた。

「そ、それはそうとクローディアはどう思ってるのよ」

「何がですか？」

「何がって……。もちろんあなたの婚約者様のことに決まってるでしょ？」

――殿下のことをどう思っているか？

転生してすぐ、今世は残りの人生を有意義に過ごすことを目標とし、殿下とはさっさと婚約破棄をしてアイシャ様には関わらず、それぞれがそれぞれに幸せになる予定だった。それがどうか。アイシャ様にとって殿下はただの攻略対象にすぎず、攻略することに必死だ。殿下の気持ちなんて何一つ考えていない。わたくしはそのことが腹立たしかった。

「殿下は、わたくしが困っている時はいつでも助けてくださいます。階段から落ちた時も、今日のことも。とてもお優しくてこれ以上ない方ですわ」

わたくしは思ったことを素直に口にしたが、リーラはその答えに満足していないようだ。

「いや、そうじゃなくて。あなた個人として、彼に何か特別な想いはないのか。という意味よ。少なくとも彼のほうは、クローディアに対して……」

リーラ様はそこまで言って口を閉ざした。

「特別な想い、ですか？　いえ、特には……」

「そう……」

「ですが……最近殿下に助けていただくたびに、なんだか胸のあたりが温かくなるのです。これはなんでしょうか……」

「うん、恋ね。間違いないわ」

……恋？

「恋……？　それは確か、特定の異性に強く惹かれ、思い焦がれるようになる状態のことですよね？　一応本で読んだことがありますが……。リーラ様はわたくしが恋をしていると言うのですか？　一体誰に？」

正直に述べてみたが、リーラ様は何故か頭を抱えてため息をついている。

「あの、どうかなさいましたか？」

「……。いや、あなたのことだからきっとそんなだろうと思っていたけど、かなり予想以上で驚いているだけよ……。いい？　わたくしも人のことを言えるような立場じゃないけど、今一度自分の気持ちと正直に向き合ってみて。クローディアは美人だし、性格もいいし、身分もあるし、何一つ問題はないわ。しかもあなたの婚約者は王太子。彼もわたくし個人としては少し思うところはあるけど、対外的には非の打ちどころのない人よ。わたくしの勘が、あなたはジルベルト殿下と一緒になるべきだと言っているわ！」

「は、はあ……」

なんだかリーラ様が一人で盛り上がっているように見えなくもないが、彼女の言うことも一理あるだろう。どんな感情が「恋」で、どんな感覚が「愛」かなんて感じたこともないから分からない。

でも、ずっと婚約破棄する気満々だったことは、考え直さないといけない。いや、もう答えは決まっている。

「クローディア、あなたの気持ちが整理できたら、わたくしは伝えるべきだと思うわ。それにここだけの話、殿下も殿下で、クローディアのことはだいぶ前から気にしていたようだから大丈夫！」

なんだかよく分からないが、リーラ様が自信満々にグッと親指を立てて笑顔を見せる。

確かに今まで、アイシャ様のことばかりを気にしすぎていた。前世は責任感だけで生きていたわたくしにとって、自分の気持ちを考える、というのは初めてだった。今世は自分の好きなように生きてみるのもいい。それも転生した意味なのかもしれない。あの神らしき人たちもそんなことを言っていたような気もする。

修学旅行の班決めも、アイシャ様がごねると予想していたが意外とあっさり決まり、当初の予定通り殿下たちと班を組んだ。アイシャ様を警戒しなくてはいけないのは当たり前だが、それ以前に「修学旅行」だ。学園にいるのもあと少し。前世では全く楽しむことができなかったけれど、今いるこのメンバーで過ごす時間を大切にして、純粋に旅行を楽しみたい。

「殿下、旅行中に回るところはどうしますか？　ほとんどが自由行動ですので、わたくしは普段行かないようなところに行ってみたいです」

「そうだな、ここなんてどうだ？」

「いいですね。メアリ様はどう思われますか？」

「私も素敵だと思います！　もしよろしければ、こちらなんてどうでしょう？」

休み時間、地図や旅行先に関する本を広げながらワイワイと行先を決める。

旅行先の街は貴族学校の修学旅行先に選ばれるだけのことがあり、さほど高低差もなく探索にはもってこいだ。眺めが素晴らしいと有名な展望台、美しい海、聖地の滝など、有名な観光スポットがたくさんある。

わたくしは母を早くに亡くし、父とも交流がほとんどなかったため、旅行に行ったことはない。もしかしたら母が生きている間に行ったことがあるかもしれないが、覚えていない。

「わたくし旅行は初めてなんです」

「意外ね。クローディアならたくさん旅行していると思っていたわ」

「いえ……。ですが、こうして皆様と予定を立てて、自分たちの好きなところに行くというのはなんと言うか……」

「なんと言うか？」

「楽しいです！」

心からの本音を告げると、自分の頬の表情筋がこれまでになく動いたのを感じた。

「!?」

「ど、どうかなさいましたか？　殿下？」

「……かわいいっ」

「はい？」

殿下はその場に蹲り小さくそう呟くとしばらく動かなくなった。リーラ様とメアリ様も頬を少し染めている。

「あのっ、皆様本当にどうされたのですか⁉　どこか具合でも悪いのでしょうか……」

何か変なことを言ったのかしらとオロオロとしたが、誰も答えてくれない。

「いや、なんでもない……。気にしないでくれ。そうだな、よければそのまま私の側にいてもらえれば……」

「ちょっとジルベルト殿下、どさくさに紛れて何言ってんのよ！　クローディアは皆のクローディアでしょ！」

「痛って！　いや、私には婚約者という特権が……」

「フッ、婚約者の特権を使わないと構ってもらえないなんて残念ねぇ」

殿下とリーラ様がこちらに聞こえないような小さな声で喧嘩を始めた。

……よくあることなのだが。


「わあ……！　すごい！　すごいですよ皆さん！」

修学旅行当日。数時間馬車に揺られた末にたどり着いた場所は、今回の修学旅行の目的地、観光都市ミルフォードだ。その美しい湖畔や自然が周辺国の貴族たちにも人気があり、治安もいい。

「こらっ、メアリ。そんなに身を乗り出したら危ないでしょう？」

「だってリーラ様！　湖があんなに近くに！　あっ、あそこに白鳥が飛んでいます！」

「全く……心配しなくてもこれから数日間、たくさん見るでしょうに」

ミルフォードの街が見え始めると、旅行に来たという実感が湧いてきて、自然と心が弾む。それはわたくしだけではないようで、メアリ様のはしゃぎっぷりにリーラ様がため息をこぼしている。

「まだ街にもついていないのにそんなに興奮してたら、体力が持たなくなるわよ。それに危ないから早く座って頂戴」

ガタガタと馬車に揺られながら、外に見える湖を眺める。その美しさに思わず馬車の窓を開けると、王都では感じることのできない新鮮な空気に、そよそよと吹く風が心地良い。鳥のさえずりも聞こえてきて、改めてこの街の自然の豊かさを感じた。

「本日は自由行動から始まるのですよね？　確か最初は展望台、ですよね。あ、あそこに見えるのがそうでしょうか」

メアリ様が指差す先には、小さな丘の上に特殊な外観の白い塔が建っていた。

展望台ということもあり、高さはそれなりにあるようだ。事前に調べたところ、この街は貴族を対象とした観光業を主体とする産業で成り立っていて、展望台にも勝手に最上階まで上がってくれる機械があるようだ。

「そうだな、あの白い塔が最初に行く展望台で、そこで眺めを楽しみながら街の構造を簡単に把握しよう。そのあとは……」

殿下が簡単な段取りを言い、各自これからの予定を再度確認する。

「さて、ついたわ」

馬車は所定の停車位置に止まり、それぞれの馬車から生徒たちが降りてきた。

その中にはもちろん、ピンク頭の少女の姿も。

「クローディア様。しばらくぶりですね。お元気でしたか？」

案の定、アイシャ様は先日きつく殿下に言われたことをその都合のいい頭で忘れたのか、笑顔で挨拶してきた。

「……ええ。そちらもお元気そうで何よりです。では、急いでいるので」

「待ってくださいよ。クローディア様の班はどこに行かれるのですか？」

素早く話を切ろうとしたのだが、アイシャ様はしつこく話を続けようとする。

「そんなこと、あなたが知って何になるのですか。失礼ですがわたくしはあなたにあまり関わりたくありません。では、他の方を待たせていますので」

そう言ってわたくしはアイシャ様に背を向けた。

「……展望台、でしょ？　で、そのあと下の街に下りて散策。そこで昼食をとった後、有名な噴水を観に行くのよね？」

「……何故それを知っているのですか」

わたくしたちの行動予定は、周りの生徒がアイシャ様の手に下っているということもあり、安全のために班員だけしか知らないようにしていた。先ほどの馬車も防音はしてあるし、それ以前に走っている馬車の中での会話を盗み聞きするなんてできるはずがない。

「やっぱり当たってた？　図々しいあなたのことだからどうせこのイベントでもヒロインと同じ予定で回ると思ってたら、本当にそうなのね」

ヒロインと同じ予定？　きっと、例のゲームの知識というやつなのだろう。

それにしても、アイシャ様の話が本当ならば、自分たちが自分たちの意思で決めたはずの行動予定がそのゲームのものと一致しているのは気味が悪い。

「そうなのですか？　偶然ですね。でもそれは今日だけかもしれません。たまたま、今日だけそのアイシャ様のおっしゃる『ゲーム』と同じ予定を立てただけですわ」

「今更そんな嘘に騙されると思ってる？　あんたの計画なんて見え見えなのよ。もう時間がないの。このイベントでジルベルトを私のものにしないとどうなるか分からないわ！　ヒロインが攻略対象と結ばれないエンドなんてあのゲームにはないもの！」

「もう一度申し上げますが、この世界はゲームではありません。皆がこの世界に意思を持って生まれています。あなたの知っている世界と酷似していたとしても、同じ世界などではありません」

「何よ、もう自分が勝った気満々ってこと？　はっ……本当に鬱陶しいわ。いつまで悪役令嬢の役から逃げ続けられるのか見てみたかったけど、これ以上は私にとっても都合が悪いわ。ごめんね、もうそろそろ本来の展開に戻さなくちゃ。私がジルベルトと結ばれないとストーリーが破綻しちゃうもの。じゃ、せいぜい最後の旅行、楽しんでね」

そう言うと、アイシャ様は後ろ姿からでも分かるどす黒いオーラを隠すことなく去っていった。

「何よあれ」と、すぐ後ろからものすごく不機嫌そうな声がした。

振り返るとリーラ様やメアリ様、殿下たちが近づいてきた。どうやら会話の内容は聞こえていなかったようだが、アイシャ様の様子から何があったのかを察したようだ。

「皆様、すみません。旅行が始まって早々申し訳ないのですが、今のアイシャ様は大変危険です。

今回の旅行を利用してなんらかのことをしようとしています」

「きっと何か仕掛けてくると思ってはいたけれど、旅行くらいのんびりと楽しませてほしいわね。でも大丈夫よ。わたくしたちがついているし、わたくしたちの予定は誰にも知られていないもの」

「それが……」

「何かあったのか……？」

アイシャ様はわたくしたちの予定を知っています。そう告げると、皆が絶句した。

当たり前だ。知っているほうがおかしいのだ。教師にすら言っていない旅行の予定を知っているとなれば、もう怖いのを通り越して気持ち悪い。

「いやっ、まぁあれだ。今からでも予定を変えることは可能だし、そもそも自由行動なんだから予定にこだわらなくてもいいってことにしよう」

旅行開始早々から重い空気が流れ出したのを見て、殿下がなんとか気分を変えようと明るく振舞ってくれる。

「そうですね、それにアイシャ様だって、流石に街中で騒ぎは起こさないでしょう」

「皆様、本当にすみません……」

「いいのよ、気にしないでクローディア。全部あの女が悪いんだもの。クローディアは何も悪くないわ。全く……男を手に入れようとして他人を陥れるなんて！　なんて見苦しいのかしら」

「じゃあとりあえず、最初に展望台の予定だったけど、先に街に行くか」

急遽予定変更となり、展望台ではなく先に街に下りることとなった。

馬車が街につき、教師陣から自由行動に関しての注意を受ける。貴族で箱入りの生徒たちが自分たちだけで行動する機会はほとんどなく、おそらく貴重な経験となるのではないだろうか。皆が目をキラキラとさせている。

「わたくしたちもどこかに行きましょうか。時間をかけた計画通りに回れないのは残念ですが、せっかくの旅行ですし」

「そうだな」

「……ちょっといいかしら」

どこから回ろうかと話し合っていると、わたくしの腕をリーラ様がくいっと引っ張った。少し頬を赤らめながら、後ろ手に何かを持っているようだ。

「その……旅行でどこを回るか、なんだけど……」

そこまで言ったはいいが、その後をなかなか言い出さない。

するとリーラ様の後ろから呆れたようなため息が聞こえた。エイダン様が、スッとリーラ様が持っていた何かを取り上げる。

「あっ……ちょっと!? 何するのよ! 返しなさい！」

「そんなにもじもじしてたら自由時間がもったいないですよ。時間の無駄です。ほら、早くこれを皆様に見せたらどうですか。最初から見せる気で声をかけたのなら、さっさと言ってしまってください」

エイダン様がそう言うと、リーラ様はかなり不機嫌そうにぷくっと頬を膨らませたが、反論はできないのか、不機嫌なままこちらを向いた。そして友達になる前にわたくしに宝石を見せてきたような仕草で、一冊のノートを渡してきた。

「これは？」

「……とりあえず見たら」

リーラ様の機嫌は直らない。長い間一緒に過ごして分かったが、これはおそらく照れているのだ。

白色の表紙に、シンプルではあるが上品な装飾が施された綺麗なノートのページをめくる。

「これは……！」

ノート一冊分、全ページにわたって、ミルフォードの街の見所、特徴、効率のいいルートにおすすめの食べ物、お土産まで、ものすごく細かくまとめてあった。

「すごいですね……」

隣でノートを覗いていたメアリ様も驚きの声をあげた。

「これをお一人でまとめられたのですか？」

「……」

「『そうよ、わたくし、皆との旅行が楽しみすぎてついこんなことをしてしまいましたの。でもこれを皆に見せるのは恥ずかしいから黙ってたの』って言えばいいのに。後、そろそろ機嫌直してくださいよ殿下」

エイダン様がリーラ様の真似……だろうか。高い声でリーラ様の秘められた心情を暴露し、リーラ様はりんごのように顔を赤くした。

「……っ！　なんで言うのよ馬鹿！　馬鹿エイダン！」

馬車ではしゃいでいるメアリ様を注意したりとかなり落ち着いていたから、旅行についてはなんとも思っていないのかと考えていたが、どうやら違ったようだ。

「ふふっ！　リーラ様、わたくしたちとの旅行、楽しみにしてくれていたのですね。とても嬉しいです。せっかくですから、この素晴らしいノートをたくさん活用して最高の旅行にしましょう、リーラ様」

「クローディアが……そう言うなら……」

ご機嫌斜めだったリーラ様も、必死に笑うのをこらえているエイダン様の脇腹をつねりながら少し嬉しそうに言った。


リーラ様お手製のミルフォード探索マップを参考に、改めて今日の予定を簡単に立て、他の班より少し遅れての自由行動がスタートした。

最初に回るのは、当初の計画とはあえて大きくずらし、港にした。他国からの船も多く、その国それぞれの特徴を持った船を眺めるだけでも楽しむことができる。透き通った海が見える活気のある場所だ。

「すごいですね……想像以上です」

修学旅行中は、各班に一台ずつ馬車がついている。

馬車から降りると、先ほどいた場所とは全く違う、港ならではの活気に圧倒された。

「本当に。わたくし港には初めて来たのですが、正直ここまでとは思いませんでした。王都と同じ、いや、それ以上の活気ですね」

王都の賑わいとはまた違い、ここには商売人たちの元気の良い声が響いている。

「そうね、あ、ちなみにあそこに見えるのが……」

リーラ様は完璧な予習の成果なのか、初めて来た地にもかかわらず、まるでガイドのように解説をしてくれる。

「この港は見ての通り海が綺麗でしょう？　それに魚なども新鮮だし、貴族に人気の街だから、食べ歩きを嫌がる人のためにどの店にも景色を見ながら買ったものを食べられる場所があるわ。ちなみにわたくしが調べた中での一押しはあそこね！」

リーラ様が指差した先にはこぢんまりとした、でも手入れの行き届いている木造の店があった。

「あのお店はどういったところでしょうか」

「あそこは知る人ぞ知る名店よ！　他の生徒たちは絶対に知らないわ。朝とれたての魚をそのまま卸した新鮮な魚のフライが食べられるの。串に刺してあるから食べ歩きにもちょうどいいし、店の立地的に、あそこで食べても最高の眺めよ」

リーラ様のまとめたノートをめくると、全く同じことがイラスト付きで書いてあった。時間的にもちょうどよく、皆でその店に向かうことにした。

すぐにその店につき、中に入ると人の良さそうなおじいさんと、その孫だろうか、わたくしたちと同い年くらいの少女がいた。「いらっしゃいませ！」と、港で見た人たちと同じ元気な声で迎えてくれ、リーラ様のおすすめ通りに魚のフライを注文した。

皆食べ歩きすることには特に抵抗はなかったが、せっかく港に来たのだからと景色を楽しむために店内で食べることにした。

しばらくの間待っていると、「お待たせしましたー！」と少女がフライを運んできた。できたてで熱々のフライは綺麗なきつね色に色づいていて、香ばしいいい香りがする。

皆で顔を合わせて、とりあえず一口食べてみる。

「――！」

サクサクの衣、ふんわりとした白身魚の柔らかさに、ちょうどいい塩加減が素晴らしい。新鮮な魚ならではのジュワッとした旨味が口いっぱいに広がり、こんなに美味しい魚のフライは王宮でも食べたことがない。

「美味しい！　こんなに美味しいフライは初めてです！」

「シンプルな味つけなのに止まらないな。素材が良いからだろうか」

「本当に！　自分がおすすめしておいてなんだけど、想像の何倍も美味しいわ！」

あまりの美味しさに、あっという間に食べ終わってしまった。

「ふぅ……。まだ初日なのに、とっても幸せだわ」

店の奥にいるおじいさんも、わたくしたちの反応を見て嬉しそうにしている。

帰る前にもう一度来よう、と満場一致で決まった。

極上のフライを皆で堪能した後は、リーラ様のおすすめスポット、ヘーゼルの森に向かった。

「なんだか空気が軽いですね」

「そうね、この森は生命力で満ちているそうよ。だからじゃないかしら」

「体の重さがなくなるみたいです。ここはまだ目的地の森の最深部でもないのにすごいですね」

「生命力が満ちる、か。不思議なこともあるんだな。生命力が満ちるってどういうことなんだ？」

「そこは深く考えちゃダメよ。何かあるのは確かだし。それにしても来てよかったわね……。森の良い香りがするわ。自然っていいわね」

「王都は騒がしいですからね。静かで、木漏れ日と樹が風に揺れる音が落ち着きます」

公爵邸にも王宮にも、学園にももちろん木はある。しかしここの木は今まで見たどの木よりも鮮やかな緑色で、葉の艶も際立っている。木の育つ環境がいいのか、空気がとても爽やかだった。

王都では感じることのできない爽やかな空気を楽しみながらしばらく歩き続けると、ある地点を越えたところでより一層体が軽くなるのを感じた。よく見ると、その変化を感じたあたりから葉も緑を増し、まさに「生命力が満ちている」という言葉がぴったりの場所だった。

「リーラ様、この辺りが最深部ですか？」

「ええ。あそこに石碑があるでしょう？　建てた人は不明らしいんだけど、はるか昔、ふとした時にいつの間にかそこにあったそうよ。数百年も前の話らしいから、本当かどうかは知らないけどね」

遠くにぼう……と見えていた石碑は、近づくにつれだんだん鮮明になってきた。

ところどころ苔が生えているものの、石自体はさほど風化しておらず、細かな模様が彫ってある。

裏側にはなんらかの文字が彫ってあるが、すでに潰えた文明の文字なのか、解読することはできない。

わたくしよりもずっと大きい石碑は、森の中心にあるということもあり神秘的で、見た者を別の世界に来たかのような不思議な感覚にさせる。

「数百年前なのにこんなに立派な石碑を建てられるのですね。人々の知恵は本当に素晴らしいです」

そう呟いたその時。

『――……』

かわいらしい女性の声が聞こえた気がした。何を言っているかは分からないが、楽しそうな声。

『――』

「クローディアー。ねぇ、聞いてる？　クローディアー？」

謎の声を聴こうと集中しすぎたあまり、しばらくその場に立ち尽くしていたが、リーラ様がわたくしの名を呼んでいたようだ。

「あっ、はい。どうかしましたか？」

「いや、それはこっちのセリフよ。さっきからずっと石碑ばかり見上げてどうしたの？　何回声をかけても心ここにあらずって感じだったし」

「何か女性の声が聞こえた気がして……」

「女性の声？」

困惑するリーラ様の横で、メアリ様が目を輝かせた。

「もしかしたらそれはニンフかもしれませんね！」

「ニンフ？」

「神とまではいきませんが、神に近い精霊のようなものだと聞いたことがあります。このヘーゼルの森みたいな神聖な土地に稀にいらっしゃると！」

言われてみれば、転生したての時、白い空間で聞いた声と似ていた気もする。

「ニンフの声が聞こえただなんて、なんだか素敵ですね！」

「日が傾いてきましたし、そろそろ帰りましょうか」

素晴らしい思い出ができましたね！　と笑顔のメアリ様とともに、馬車への道を歩いた。


小鳥のさえずる声で目を覚ました。昨日は疲れていたからか、よく眠れたようで体がスッキリしている。ベッドから起き上がると、身支度を整え、女子三人で部屋で朝食をとり、約束していた時間に殿下たちとの集合場所へ向かった。

「おはようクローディア。昨日はよく眠れたかい？」

「おはようございます。おかげさまでよく眠れましたわ。殿下もお元気そうで何よりです」

朝の挨拶を交わし、今日訪れる場所を考える。

リーラ様のまとめたノートが大いに活躍し、行き先はすぐに決まった。

今日行くのは、アイシャ様のせいで昨日行けなかった展望台と、ミルフォードの聖地オリヴィアの滝だ。展望台はこの場所から近いが、オリヴィアの滝は聖地と言われるだけあって、昨日のヘーゼルの森よりももっと奥にあるらしい。人里離れた秘境だ。

そして、時間があればエイブリー海を見ることになった。

「じゃあ早速出発しましょう！　展望台は歩いて行けるから馬車は必要ないわね。さあ行きましょう！」

今日は坂道を歩くことと森の奥に行くことを考えて、各自動きやすさ重視の服装をしている。

展望台への道は長い坂道一本で穏やかだったため、皆と話しながらゆっくり歩いた。展望台につくと、自動で最上階まで上げてくれる装置があった。


「壮観ね……。町全体が見えるわ」

ミルフォードの街全体を見渡すことができる展望台の最上階は、先ほどまで自分たちがいた宿、昨日歩いた場所や、先ほど登ってきた坂道、エイブリー海も見え、どこまでも見渡せるようだ。

「こんなに高いところに来たことはないので少し怖いです……」

メアリ様はこの高さが怖いようで、皆より数歩下がった場所で景色を見ている。

「王城の高さもこれくらいですし、ジルベルト殿下はこの高さからの景色は見慣れてるんじゃないですか？」

エイダン様が問うが、殿下は首を横に振った。

「高さは同じでも見える景色は違う。王城からは王都が、この展望台からはミルフォードが見える。どちらも違ったよさがあるし、それを比べたりすることはできないよ。そもそも王城からは海は見えないしね」

わたくしも王城からの景色は何度か見たことがあるが、やはり一国の王都とあってミルフォードよりも広く、人が多くて活気があった。それに対してミルフォードは美しい自然と共生する観光都市ならではの景色が見られる。

「どちらも素敵です。街の雰囲気は違っても、どちらの街からも人々から幸せを感じられます」

殿下が優しい笑みでこちらを見た。

展望台からの景色を十分楽しんだ後、オリヴィアの滝を目指した。

だんだんと馬車の揺れが強くなってきた。展望台を出てからどれくらいの時間が経っただろうか。おそらくオリヴィアの滝への入り口には近づいているのだろう。街はとっくに見えなくなり、あたりはヘーゼルの森に負けないほどの自然に囲まれている。それでも観光名所だからか、馬車の通り道が最低限用意されているのは嬉しい。

「聖地、ってどういう感じなのかしら。名前だけではあまり分かりませんね。ヘーゼルの森のような感じでしょうか」

「とても神秘的な場所だと聞いていますわ。リーラ様のノートによると、ミルフォードの街の人は何か困ったことがあると滝にお祈りに行くそうです。そうすると良いことがあるらしいですわ」

「それはいいですね！　皆様はどのようなことをお願いしますか？」

メアリ様が皆に尋ねた。

「お願い、ですか？　特には……」

「メアリ、そういうのはあえて聞かないものでしょう？　言いにくいことだってあるでしょうし。まぁわたくしのお願いを言うならば、もちろんこれからもクローディアとメアリと一緒にいることだけどね！」

お願い、か。

聖地だと言われているが、実際のところ本当に願いが叶うとは思っていない。が、人々にとっては大切な心の拠り所なのだろう。人間は何か困った時、人ならざるものに頼りたくなるものだ。

御者の到着を告げる声がして、皆は馬車を降りた。


「はあっ……はあっ……」

馬車で行けるのは林道の入り口まで。そこから目的のオリヴィアの滝までは少し距離がある。ここはヘーゼルの森と違い、中心部への道がさほど整備されていなかった。慣れない足場の悪いところでは自然と足が取られ、なかなか思うように進まない。

「そろそろ休憩にするか？」

「いえ、大丈夫です。それに、案内板を見る限り、もうそろそろつきそうですもの。早く見たいです、オリヴィアの滝。聖地と呼ばれるほどですから、とても楽しみです」

「そうか。疲れたら言ってくれ」

「はい」

だんだんと辺りが明るくなってきた。水の音も聞こえる。音の響き方からして、滝はなかなか大きそうだ。

「もうすぐですね。滝の音を聞くだけで疲れが吹き飛びそうです」

「水の音っていいわよね。自然はいつでもわたくしたちを包んでくれるわ」

パッと辺りが明るさを増した。一歩踏み出すと、そこには目を奪われるほど美しい滝があった。

木々の間をすり抜け、光の満ちる空間に足を踏み入れた。途端、先ほどまで木々に遮られていた滝の轟音が、何倍もの大きさでわたくしたちの体を突き抜けた。

オリヴィアの滝は特段大きいというわけでもない。高さは二十メートル程度。幅もさほど広くないが、その神々しい姿は見るものを圧倒する。まだ滝までは数十メートルの距離があるというのに、ここまで飛沫が飛んできて頬をしっとりと濡らす。

「すごいですね……」

足元に滝からの水が流れてくるが、その川の透明度も高く、そのまま飲めるのではないか、というほど透き通っていた。小さな魚も泳いでいて、この山と森の豊さを顕著に表している。

——あれ？　この滝、何か……

とても不思議な感じがする。一度も来たことがないのに懐かしいような、温かいような……

「どうしてオリヴィアの滝というのでしょうか？　地名というよりは、女性の名前のようですね」

「そうね……。それはわたくしも知らないわ。流石に場所の名前の由来までは調べなかった」

滝の名前になるほどだから、昔、何かすごいことをした女性なのかもしれない。

「まぁそこも気になるけど、しなくていいのか？『お願い』」

殿下がお願いの話題を出すと、皆はそれ以上考えることを止めて、それぞれ思い思いのお願いをするために滝に向かって手を組んだ。

しばらく滝の音だけが響いていた。次第に一人、二人とお願いを終え、滝へと目を向ける。

先ほど何かを感じたことが気になったが、次の予定の時間が近づいてきていたため、名残惜しくも帰りの道を進んだ。


オリヴィアの滝を後にして、次の目的地、エイブリー海を目指す。馬車での話題はオリヴィアの滝の名前の由来についてだ。ただそれぞれが自分の想像を述べているだけだが、それでも想像が膨らんで、いくつもの物語を聞いているような心地になる。

「で、きっとオリヴィアという方があの滝に閉じ込められて……」

「私は、オリヴィアさんが滝の精霊さんと仲良くなったからだと……」

「いや、もしかしたらその精霊さんの名前がオリヴィアなのでは？　人間であるとは限らないわけだし……」

これらはいわば根拠のない話だ。本当はなんとなくオリヴィアという名前がよかったから、という単純な理由かもしれない。意味なんかないかもしれないが、暇潰しにはちょうどよかった。

オリヴィアの滝の入り口からエイブリー海まではさほど離れていない。二十分ほど馬車に揺られれば、車窓から透き通ったエメラルドグリーンの海が見えてくる。エイブリー海は、その美しい色と透明度と、海から採れる珊瑚を売りにしているそうだ。

「珊瑚のアクセサリーでも買おうかしら。ここの珊瑚は世界でも有数の品質を誇るのよ。買って損はないわ」

リーラ様は意気揚々と馬車から降り、早く早くと手招きをする。皆もその手招きに応じてリーラ様の後をついて行った。

海沿いの街並みは美しく、レンガ造りの建物が多い。住む人たちの表情も明るく、一目で良い街だと分かる。最初に行った港とはまた違い、珊瑚が名産というだけあり、アクセサリーや観光客向けのお土産を取り扱っている場所が多かった。ウィンドウの中のアクセサリーは、カラフルな珊瑚や真珠、小さな宝石を使った華やかなものから、重厚で爵位の高い年配の男性に似合いそうなものまで多種多様だった。

その時、ふと露店に並ぶ一つのブレスレットが目に留まった。

それは他のものとは一風変わったシンプルなデザインで、上品なチェーンに珊瑚ではなく薄桃色の貝殻と、サイドに小さな宝石がついていた。

「このブレスレットは……」

「おやお嬢さん、それが気になりますかな？」

わたくしがそのブレスレットから目を離せずにいると、店員が声をかけてきた。

「ええ。何故か目が離せなくて。何か特別なものを感じるの」

「おや、それはそれは。それは昔うちにいたデザイナーが作ったもので……何十年前だろうか、あの時代には珍しい若い女性のデザイナーでしてね。なかなかセンスがよかった。もう彼女が作ったものはそれしか残っていないのです」

店員は懐かしむような目でブレスレットを見る。そして、その視線をわたくしに移すとゆっくりと微笑んだ。

「ただ……ずいぶん昔のことで、どうにも彼女のことをはっきりと思い出せない。私はこの店のオーナーで、他の店員のことはしっかりと覚えています。でも、彼女のことは……。働いていた風景は思い出せるのに、肝心な顔と名前がどうにも出てこない。不思議なことに他の従業員も同じことを言うんです。でも……」

「どうか……しましたか？」

「いや、これは老人の戯言とでも思ってくれると嬉しいのですが、何故でしょうかね。思い出せないはずなのに、あなたから感じるオーラというのですか、彼女に似ているような気がして。優しく包み込むような、明るい光のような……」

わたくしはその話に耳を傾けながら、オーナーに促されてブレスレットを手に取ってみた。

――――！

一瞬、人影が頭の中をよぎった気がしたが、すぐにそれは消えてしまった。若い女性だろうか。そのシルエットには見覚えがあるような気もした。

「やはり、あなたにはよく似合う。きっとそれは、あなたにつけてほしかったんでしょう。そのブレスレットはあなたが持っておくべきです。お金はいりませんよ」

「それはいけません、お金はちゃんと……」

「いや、そのブレスレットはね、ずっと売れずにそこにいたんです。デザインはすぐに売れてしまいそうなほど見事なのに、何十年も、ずっと。しかも、その宝石も貝殻も何一つ劣化することなく、ね。きっとそれはあなたを待っていたんだと思います。それだけでもお代には十分だ」

彼にそう言われ、もう一度ブレスレットに目を落とす。

確かに最初にこのブレスレットを見た時から、無意識に引き寄せられる何かがあった。自分に似た何か、懐かしいような何か、言い表せないような何かが。

「本当にいいのですか？」

「いいからいいから。どうぞ」

オーナーが手首にブレスレットをつけてくれた。その瞬間、薄桃色の貝殻と二つの宝石が、より一層輝いて見えた。自分の中の何かと共鳴しているような不思議な感覚とともに。

「おやお嬢さん、あちらの方々が呼んでいますよ。早く戻ったほうがいいでしょう」

そう言われて店の入り口のほうに目を向けると、皆がこちらに手を振っている。

「オーナー、このブレスレット、大切にします。ありがとうございます」

「お嬢さんも、お元気で」

わたくしが微笑むと、オーナーもにっこりと微笑み返してくれた。

店を後にすると、先に外で待っていた皆がわたくしの元へ駆け寄ってきた。

「見て見て！　これ、一目見て気に入っちゃって！」

リーラ様が自分の買ったアクセサリーを見せてくれる。小さめのネックレスで、珊瑚と宝石の鮮やかなコントラストがリーラ様らしい品だった。

「素敵ですね！　とてもよく似合っています」

「ありがとう。クローディアはどんなのを買ったの？　髪留め？　ネックレス？」

「わたくしはブレスレットを」

「あら、綺麗ね……。上品というか、シンプルだけど飾りが邪魔しあうことなくそれぞれが際立ってる。とても腕のいい職人が作ったのね」

「これは何十年か前のものらしくて。でも劣化はしていませんし、とても素敵で気に入りました」

「クローディアらしくていいと思うぞ。それによく似合ってる」

「殿下……。ありがとうございます」

それからは特にあてもなくブラブラと街を歩いて楽しい時間を過ごした。そのまま時間いっぱいまでエイブリー海の港町で過ごした後、明日を楽しむため、この日も早めに宿に向かった。


「はぁー！　楽しいけど疲れたわ！　もうすぐ旅行が終わっちゃうなんて残念……。楽しい時間ってあっという間に過ぎちゃうのね」

宿につくと、リーラ様がそう言いながらフカフカのソファーに座る。

「明日は街を探索するのですよね。リーラ様はもう具体的な計画をお持ちなのですか？」

その隣にメアリ様が座り、リーラ様に問いかけた。

「計画は特にないわ。というか計画を立ててアイシャにバレたら大変じゃない。いつでもアイシャにとって予想外でなくっちゃ。でも今日で無計画でも十分楽しめるっていうことが分かったじゃない！　明日も大丈夫よ」

「でも……最低限気になるところくらいは押さえておいたほうがいいのでは？」

「昼食をどこで食べるかとか？　それはわたくしたちだけじゃ決められないわ。殿下たちにも好みはあるでしょうし、今日の食べ歩きもだいぶ付き合ってもらっちゃったから。せっかくの旅行なんだし、皆でその時相談しましょう？」

明日は本来初日に予定していた中心街巡りだ。観光都市ミルフォードの中心街は、このあたりでも特に栄えているところだ。たくさん歩くだろうし、今日も十分歩いた。ゆっくり休むべきだろう。

「そうですね、今日は早く休みましょう」

「……休みたいけど休みたくないわ。この時間が終わりそうで嫌」

わたくしとメアリ様がソファーから立ち上がっても、リーラ様だけは座ったまままそう言う。

「リーラ様、修学旅行は終わってもわたくしたちが離れるわけではないのですよ？　それに、この旅行が終わってもわたくしたちで旅行することもできます。今はアイシャ様のことでできることが限られてしまっていますが、卒業した後はきっと全て終わっています。その時にまた、皆で行きましょう」

「……そうね。そうよ！　よし、寝ましょう。アイシャのせいで自由にできないのは癪だけど、それもなんとかなるものね。明けない夜はない。今回も精一杯楽しむことにするわ！」

元気良く立ち上がったリーラ様はすっかり元気になったようで、よかった。

わたくしたちはそのまま床についた。

◇◆◇

窓から差し込む日差しで目が覚めた。今日も天気は良さそうだ。窓の外を見ると澄んだ青空が広がっている。絶好の街歩き日和になるだろう。

「おはようクローディア！　今日は最高のコンディションね！　ねね、早く行きましょう！」

朝食をとり、身支度を整え終えると、もう待ちきれないとばかりにリーラ様が急かす。勢いよく振っている尻尾の幻覚まで見えてきそうな勢いだ。

「はい、行きましょうか。殿下たちもそろそろ準備ができた頃でしょうし」

森を歩いた昨日とは違い、今日は街を歩くため装いはいつもの雰囲気で、荷物は少ない。わたくしは殿下から貰ったネックレスと昨日のブレスレットを身に付け、外へ出た。

「おはよう。昨日はよく休めたか？」

皆で決めた集合場所に時間通りに集まると、殿下がわたくしたち三人に声をかけた。

「ええ」

ミルフォードの中心街は周りを自然に囲まれている。中心街はとても栄えているが、川も海も森もある。その風景のコントラストが美しく、人気のあるスポットだ。

「皆様準備はよろしいですか？」

わたくしがメンバー全員に問うと、皆が頷いた。時間はたくさんあるので、誰かが行きたいところがあれば皆がそれに付き合う、というような流れだった。現地にしかない花を売る店だったり、本屋だったり。

「昼食はどこでいただきましょうか？　行きたいお店などはありますか？」

しばらく歩き続けると、メアリ様が時計を見ながら尋ねた。たくさん回れば必然的にお腹が空く。時間もちょうどいい。

「あれ？　あのお店、ずいぶん繁盛していますね。人気のあるお店なのでしょうか」

ふと視線を向けると、とても活気のある店が目に入った。学園の生徒たちも何班か、その店で昼食をとっているようだった。最初に警戒してアイシャ様の姿を探すが、その店にはアイシャ様の姿も、アイシャ様の班員の姿もなかった。これだけ繁盛しているのなら美味しくないことはないだろう。特に迷う理由もない。

皆で店に入った。それなりに混んでいるが、大きい店なので席はまだいくつか空いていた。適当な席に座り、メニューを見る。

それぞれ食べたいものを注文し、料理が来るのを待っていた時。

ふと店の厨房へ目を向けると、一瞬、ほんの一瞬だけとても嫌な感じがした。しかし、それがなんなのか分からない。単なる予感を皆に上手く伝えることができず、悩んでしまった。

しばらくすると、それぞれが注文していた料理が来た。

「んんー！　いい匂い！　美味しそうだわ！」

に食べている。

「本当ですね！」

警戒していたが、出てきた料理はごく普通のもので、特に怪しい点はなかった。皆も美味しそうに食べている。

しかしどうしても気になる。

皆が食べ始めても、嫌な予感が頭から離れず、料理に口をつけられずにいた。

「クローディア？　食べないのか？」

いつまで経っても料理に手を出さないわたくしを不思議に思ったのか、殿下が声をかけてきた。

「いえ、勘違いかもしれないのですが、このお店の奥……厨房のほうを見た時、とても嫌な予感がしたのです。それが気になって……」

「何？　それは本当か？」

「ええ。でも特に料理もおかしな点はありませんし、大丈夫だと思いますが……。やっぱり気になって。あれ？　殿下もまだ……」

そこまで話してふと殿下の皿を見ると、料理は少しも減っていない。

「クローディアがさっきからずっと何かを考えているようだったからね。クローディアの考え事が終わるか、話してくれるまで待っておこうと思って」

「ですが……わたくしを待っていたら、せっかくのお料理が冷めてしまうかもしれませんよ？」

「クローディアなら、話してくれると思ってたから」

殿下が優しく微笑む。

なんだろう、そこまで信じてくれるとなんだかくすぐったい。転生してから、前世では触れもしなかったたいろいろな人の優しさと温かさに触れた。

——あぁ、まただ。

自分のことを少しも疑わない、全てを信じてくれる、力になってくれる殿下といると、最近どうも動悸がする。医師に見てもらったほうがいいかしら。この胸の温かみは、自分に芽生えた何かの「感情」だと思う。根拠はない。ただ自分の中の本能が、それがそうであると言っている。でもそれがなんなのか分からない。そのことが苦しくて仕方ない。

そう思いながら、まだ少し温かい料理にナイフを入れた。それを見て殿下も料理を口に運ぶ。

その時、隣でガタッという音がした。ふわふわと思考に浸っていた意識が現実に引き戻される。

「殿下？　どうし……」

「クローディア！　その料理は食べるな！」

殿下が突然立ち上がる。

「殿下⁉　一体どういうことですか⁉」

「この料理、何か入っている」

「まさかっ……」

慌てて辺りを見回すと、先ほどまで食事をとっていた学園の生徒や客、リーラ様たちまでもが皆机に伏している。

「っ……眠り薬かっ！」

殿下は周囲を確認すると、厨房へ目を向けた。

が、料理人たちは表情一つ変えずに忙しなく動いている。

——!? 目が……!

よく見ると、料理人たちの目に光がない。この感じは……悪寒がするような不気味さは……

その時、激しく扉が開く音がした。慌ててそちらに目を向けると、見間違えようのないピンク色の髪が勝手口から走り去っていくのが見えた。

「あいつはっ……!」

殿下も顔色を変えた。慌ててその後を追う。この店の奥には森が広がっている。すぐに森へと逃げ込んだアイシャ様を追ううちに、気づけば森の少し深いところに来ていた。

「はぁっ……はぁっ……一体どこへっ!」

しばらく追いかけたが、森の木々が邪魔をして姿を見失ってしまった。森の少し開けたところで足を止める。

「ふっ……あはっ、あははははっ!!」

わたくしたちの乱れた呼吸しか聞こえなかった森に、突如笑い声が響いた。

その声と同時に一人の少女が姿を現した。不気味に笑うその姿に、殿下は顔を顰めた。

「……アイシャ様、どういうおつもりですか」

「なぁに? クローディア様。そんなに怖い顔をしないでくださいよ」

「……この状況で、警戒しないほうがおかしいですわ。一体……何のつもりですか?」

アイシャ様は気味が悪い笑みを浮かべている。

彼女の後を追いながらたどり着いたこの場所。今思えば誘導されていたのだろう。後ろは崖だった。この緊迫した中では崖が一体どの程度の高さなのか、確認する隙もない。

「何って……。分からないわけないわよね？　あんたが邪魔ばっかりするからよ。まさかこんな手を使う羽目になるなんて思ってなかったけど、これもぜーんぶあんたのせい！　あははっ！」

「殿下……」

「あぁ。以前からおかしいとは思っていたが……完全に狂っているな」

崖にじりじりと追い詰められる。

「まぁ可哀想なジルベルト。すっかりクローディアに洗脳されちゃったのね？　本当に嫌な女。あんたのせいで私とジルベルトの人生はめちゃくちゃよ。でももう大丈夫！　本当のヒロインは私。ジルベルト、あなたの洗脳も私がちゃんと解いてあげる！　ほら、こちらに来て？」

「クローディアが私を洗脳？　お前こそ何を言っている。洗脳しているのは誰だ？　たくさんの人を巻き込んでおいて、とぼけるつもりか！」

殿下がそう言うと、アイシャ様は浮かべていた笑みをスッと引っ込めた。

「……許さない。私のジルベルトをこんなに変えてしまったあんたを許さない……！　ああ、あんたなんて、また無様に死ねばいいのに」

先ほどまでの気持ち悪いほど甘々の猫撫で声とは打って変わった、氷のような低く冷たい声。

「貴様……！」

「殿下！　いけません。こういう事態だからこそ落ち着いてください！」

殿下はギリッと歯を鳴らしながらも、なんとか怒りを押さえ込んだ。

「クローディアを確実に殺す方法はたくさん練っておいたの。こんな風に、ねっ！」

「――!?」

わたくしの頬を何かがかすめ、小さな鋭い痛みが走る。アイシャ様の手元を見ると、一体どこに隠し持っていたのか、小刀が握られていた。

「油断したわね？　あんたはいつも大事なところで抜けてるわね。私の聖なる力は何故か弱まってて、客全員を操ることはできなかった。でも料理人を操るくらいの力はあるの！　ジルベルトが気づいたのは誤算だったけど」

生憎わたくしは護身用の武器などを持ち合わせていなかった。

――どうする？　魔法を使う？

しかし森の中で使える魔法は限られている。それに狭い場所で使えば二次被害は避けられない。

その時――足元にあった太めの木の枝に足を取られた。

「きゃっ……！」

後ろは崖。アイシャ様はこの一瞬の好機を逃すまいと全力で仕掛けてきた。持っていた小刀を構え直し、一直線にわたくしの心臓を狙って突進してきた。

「クローディア、危ない！」

瞬時に殿下が飛び出し、アイシャ様の手を流れるような動作で掴み、投げ飛ばした。同時に小刀がアイシャ様の手から滑り落ちる。アイシャ様はその衝撃に声にならない悲鳴を上げ、地面に転がった。

「殿下……！　大丈夫ですか⁉」

「あぁ。大したことはない。少しかすっただけだ」

殿下は傷を負っていた。アイシャ様の持っていた小刀の切っ先が腕をかすめたようだ。つぅ……と血が滴り落ちる。

「ですがっ、早く治療しないと！」

「それはアイシャをちゃんと拘束してからだ」

そう言うと、殿下はまだ地面で呻いているアイシャ様の元へゆっくりと歩みを進める。

「貴様を拘束する。理由は分かるよな？」

「ふっ……。仕方ないわね。いいわ。捕まえて」

「やけに素直だな。ようやく罪の意識でも出てきたか？」

「あんたに私が捕まえられたら、だけどね」

そう言うや否や、アイシャ様は不敵な笑みを浮かべた。その瞬間、殿下ががくりとその場に膝をつく。

「殿下⁉」

駆け寄るが、殿下の呼吸は浅い。

「何をっ……！」

「クローディアっ……こいつに近づくな……！　おそらく小刀に……」

アイシャ様が落とした小刀を見ると、ほんの少し何かが塗られたような跡があった。まさか小刀にまで毒を塗っているとは思わなかった。それも、レストランで皆が盛られた睡眠薬のような生温いものではなく、猛烈な毒を。

「アイシャ様！　あなたはジルベルト様をお慕いしているのではないのですか⁉　どうしてこのようなことを……」

「どうして？　ゲホッ……その毒はあんたを完全に殺すために塗ったのよ。なのにジルベルトがあんたを庇うから……。あんたが私の攻撃を避けたからジルベルトは死ぬの。全部あんたのせいよ。でも安心して。ジルベルトは私の聖なる力でちゃんと治してあげるわ」

アイシャ様が地面に手をつき、自らの指に目を向ける。

「……⁉　ないっ……！　どうしてっ！」

つい先ほどまでアイシャ様の指にはまっていたはずの指輪は、なくなっていた。

「そんなことだろうと思っていた……」

殿下が地面に膝をついたまま右手を見せる。そこにはアイシャ様の指輪があった。あの一瞬の出来事の中で、アイシャ様から指輪を奪い去っていたのだ。

「はっ⁉　私の指輪返しなさいよ！」

「……その願いは聞けないな」

アイシャ様は殿下に投げ飛ばされた衝撃でまだ立ち上がることはできないらしく、苦しげに地面に左手をつきながら必死に右手を伸ばしている。しかし殿下は呼吸を荒くしながらもなんとか立ち上がり、アイシャ様から奪った指輪を懐に隠した。

――アイシャ様の苦しみ方からして、骨の一本や二本は折れているのではないかしら……

指輪を奪ってはいるものの、アイシャ様の髪はしばらくは戻らないのか、赤いグラデーションのままだ。

「この指輪は預かった。どうやって手に入れたかは知らないが、もう観念したほうが身のためだ」

「殿下、大丈夫ですか？」

毒にある程度の耐性のある殿下ですら膝をついてしまうほどの猛毒。かろうじて立っているが、顔色は酷く悪い。なんとか支えているが、血が止まらなくなる毒も塗ってあったのか、傷口からは絶えず血が滴り落ちている。どう考えても限界だ。これ以上の無理は命に関わる。

わたくしがそう思った刹那、ガクッと殿下の力が抜けた。

ハッとして目をやると、殿下の瞳は虚ろで、毒がかなり回っているのが分かる。

「殿下っ!!」

慌てて支えようとするが、いくら細身でも男性である殿下を支えるのは難しく、バランスを崩してしまった。その隙を狙って、アイシャ様が最後の攻撃をしてきた。

「ジルベルトはゲームの主人公だもの。絶対に死なないはずよ。だってヒロインの私と結ばれる運命だから。でもクローディアは絶対に死ぬキャラクター……。ふふっ。この意味が分かる？」

そう言うや否や、アイシャ様は伸ばしていた右手から一刃の突風を起こした。

――こんなところで魔法を使うの⁉

わたくしも咄嗟にアイシャ様だけに向けて森を傷つけない程度の風を放つ。

ほぼ同時に放たれた風は両者の真ん中でぶつかり合い、その衝撃でお互いを吹き飛ばした。

――まずいっ！

アイシャ様が後ろの大きな木にぶつかって気を失うのを視界の隅で捉えたものの、わたくしたちも衝撃で宙に投げ出された。改めて見る崖は――かなりの高さだった。下に川が流れているのが見える。

落ちる――

そう思ってからは一瞬で、川に向かって真っ逆さまに落ちていく。風を切る音が耳元で大きく響く。パニックを起こしそうになるのを必死に堪えながら、なんとか助かる方法はないかと頭を全力で回転させるが、落ち続けている体に脳がついていかない。

その時、グッと体を引き寄せられた。

――⁉

意識が朦朧としているはずの殿下が、わたくしの頭と体を両手で抱きしめ、守るように力強く包み込んだ。

――だめ！

そう思うが、もう水面は目の前に迫っていた。

もうダメだ。

その瞬間――わたくしの胸元のネックレスが赤く光った。

時が止まったかのように、落下していた体が静止した。

川から少し離れたところに静かにふわふわと移動し、ゆっくりと下ろされる。辺りを見回すと、今にも降り出しそうな黒い雲と、わたくしたちの荒い呼吸が響くだけだった。


――助かった……？

今起こったことに頭がついていかない。何？　今何が起こったの？　殿下からいただいたネックレスが光って……

「殿下！　大丈夫ですか⁉」

あの体でわたくしを守って……。慌てて隣の殿下に目を向ける。

「痛って……。うん、ひとまずは大丈夫、かな」

「よかった……。このネックレスは……？」

「それはクローディアを守るものだと以前言っただろう？　所持者が生命の危険に晒されると守ってくれる」

「それをどうしてわたくしなんかにっ……」

「なんかに……とは言ってほしくないな。クローディアは、私の大切な人だから……」

そう言った瞬間、殿下の体からフッと力が抜けた。

……え？

その顔には血の気がない。いつも光に照らされてキラキラと光っていた金色の髪は、輝きを失っているように見える。腕の傷からはとめどなく血が流れ、その場に小さな血溜まりを作った。

「うそ……」

――毒が、確実に殿下の命を蝕んでいる。

どうすればいい……？　毒を無効化する手段も、だんだん酷くなっていくあの傷を治療する方法も、わたくしは持ち合わせていない。

「クロー……ディア……」

「殿下っ！」

小さいながらも発せられた声に、固まっていた足が自然と動いた。すぐさましゃがみこみ、上半身を抱き起こす。

どうする……？　どうする……？

考えるの、クローディア！　今考えなくてどうするの！

――指輪！

聖なる力が宿る指輪をアイシャ様から奪っていたはず。それをわたくしが使えば……

必死の思いで殿下の懐を探す。が、それはほかでもない殿下によって阻まれた。

「手をお離しください！　今はこの方法しか……！」

「やめるんだ……それがどういうものなのか、私たちはまだ知らない……。危険すぎる……」

「ですがっ……！」

「嫌なんだ……。自分のせいで……大切な人が危険な目に遭うのは……」

わたくしの手を握りながら、殿下は弱々しく笑った。その瞳に宿る炎は今にも消えてしまいそうで、たとえようもない不安に襲われる。それでもわたくしは聞かずにはいられなかった。

「大切な……人？」

「ああ……こんなところで言うつもりは、なかったのだが……」

殿下の手がわたくしの頬に移り、そっと触れた。

「で、ん……？」

「好きだよ。クローディアのことが、ずっと……。大切なんだ……。だからこそ、失いたくない」

殿下の言葉が、鋭い槍のようにわたくしに突き刺さる。

「いつも気づいたら、クローディアのことを目で追っていた……。クローディアが他の生徒と話していると、柄にもなく馬鹿みたいにやきもち焼いたりするくらい……」

痛い……痛い痛い。

わたくしは、また守れないの？　どうして気づかなかったの？　自分のことを大切に想ってくれている人がいるって、どうして気づかなかったの？　あの時、エマを前世で失った時、嫌というほど思い知らされたはずなのに。もう、絶対に守ると誓ったはずなのに。

わたくしは、馬鹿だ。本当はとっくに彼の気持ちに気づいていた。でも、目を逸らしていた。わたくしは人形だから。感情なんてあるはずがないから。ないはずなのに……

「こんな状況でこんなこと……クローディアに伝えたら、困らせてしまうかもしれないけど……。

クローディアは、誰よりも優しいから……」

どうして……どうして守れないの……

殿下の手から力が抜けていくのを感じる。にもかかわらず、その表情は満ち足りていた。ぽたっと冷たい滴が頬に落ちる。黒い雲に覆われていた空から、ついに雨が降り出した。ある意味よかったかもしれない。自分の頬から流れる、温かい滴を消してくれるから。胸が熱い。燃えるように熱い。何かが溢れてしまいそうだ。抑えられない何かが。

「クローディア……心から」

殿下がフッと笑った。

「愛している」

その言葉と共に、抑えていたものが弾け飛ぶ感覚がした。

今まで必死に抑え込んできた何かが、一気に弾け飛ぶ。そんな感覚がわたくしを襲うと同時に、眩いばかりの光が周囲に広がっていった。

嫌……絶対に助ける。なんとしても助けてみせる。言い逃げなんて許さない。わたくしをこんなにかき乱しておいて、勝手に死ぬなんて許さないんだから！

想いがとめどなく溢れ、その想いが強くなるにつれて光もだんだんと眩さを増して広がっていく。その光は雲を突き抜け、雨を降らしていた黒い雲も消していった。

『愛している』

ずっと自分には何かが足りないと思っていた。小さな頃の記憶が何一つないのも、人形と呼ばれるのも、仕方ないと思っていた。そんな自分に、二度目の人生で向き合ってくれた人たち。彼らに向き合いたいと思っているはずなのに、どこか歯車が足りないような、うまくいかないもどかしさを感じていた。

忘れていた何か。それが何か、彼が思い出させてくれた。愛している、と言われた時、パズルの最後のピースが埋まるような、ハッとする感覚に襲われた。自分に足りなかったもの。何よりも大切だったもの。

光は弱まることなく、辺りを照らす。

「わたくしも、あなたのことが好きです。愛しています。ですから……目を覚ましてください……。あなたがいなくなってしまったら、わたくしは一体なんのために生きればいいのですか……？　お願い……」

伝えたい想いが溢れだす。終わりを知らないそれは、わたくしの心いっぱいに広がり、次々と言葉となりこぼれ落ちた。

その時、ピクッと殿下の指先が動いた。

◇◆◇

明るい……

眩しい何かが体を覆っている。

……私はどうなった？　確か毒で……

ぼうっとする意識のまま、手を動かす。

持ち上げた腕の傷は塞がっている。あんなにだるかった体も苦しかった呼吸も、今は正常だ。あの強力な毒から助かったとは考え難い。助かったとしても、傷が全て治っているはずがない。

私は……死んだのか……？

ふと横に人の気配を感じた。ゆっくりと視線を移すと、ぼやけた視界がだんだんと鮮明になってきた。

そこには、なんとも幻想的な女性の姿があった。金色の波打つ艶やかな髪は、毛先にかけて鮮やかな桃色に変わっている。瞬きをするたびに違った色に見える宝石のような瞳。私はその人物の特徴に見覚えがあった。

ハンナ……？

私の初恋の人。ハンナがここにいるとしたら、ここは本当に死後の世界なのだろう。ハンナは天使なのだから。

――……る……ジル……！

ハンナが必死に自分の名前を叫んでいる。しかし、その透き通るような声は聞き慣れた愛しい人のものだ。

声に導かれるようにゆっくりと目蓋を開けると、頬にぽたっと温かな滴が落ちてきた。

ハンナが泣いている。いや、違う。

――クローディア？

「クロー……」

そう呼ぼうとした瞬間、強く抱きしめられた。

「あぁ殿下！　よかった……！　これは夢かしら……もし夢ならばもう覚めないで」

「クローディアっ⁉」

彼女はクローディアだ。その整った顔も、透き通る声も、間違いなくクローディアのものだ。髪の色も瞳の色も違うが、それ以外はどう見てもクローディアだ。

急に抱きしめられたことで、頬に急激に熱が集まる。普段全くこういったことをしないはずのクローディアの行動に混乱するが、彼女のその真剣な表情を見て冷静になった。

「本当に……怖かった……」

パッと辺りを見渡すと、そこは自分たちが落ちてきた河原だった。ということは……

「生きてる……のか……？」

「殿下のっ……バカっ‼　どれだけ心配したと思って……。治癒の力も使わせてもらえなくて、だんだん血の気がなくなって、力が抜けていくあなたを見ていると怖くて怖くて……。いなくなってしまったらどうしようって……！」

「すまない……。どうしてもクローディアだけは助けたかったんだ。心配をかけてしまって本当にすまない。それよりクローディア、その髪はどうしたんだ？」

「ごまかさないでくださいっ……え？」

クローディアは自分の髪を見て、その瞬間固まった。

「殿下……わたくしの髪、一体どうなって……」

クローディアの髪も瞳も、幼い頃王宮で見たハンナと全く同じ色だ。一体これはどういうことだ？

ハンナとクローディアにどういう関係が……？

そもそも、どうして私は生きているんだ？　クローディアの髪と瞳の色は変わり、謎の光はまだ広がっていて、私の傷は全て治っている。不思議なことだらけだ。

『そのことは、こちらから説明させていただけませんか？　ハンナ。いえ、クローディア』

突然、頭に声が響いてきた。

◇◆◇

頭に声が響いてきたそのあとすぐに、一陣の風が吹いたかと思えば、美しい女性が現れた。

『初めまして。私は滝のニンフです』

美しい、サラサラの膝下まで伸びた長い水色の髪に、透き通った水をそのまま切り取ったような瞳。

「えっと……ニンフ様、あなたのことは一体なんとお呼びすればよろしいですか？」

『そのままニンフ、と』

「何かお名前はないのですか？」

『そうね、私は人間たちにオリヴィアの滝、と呼ばれている滝のニンフです。ですが、オリヴィアはとある人間の名ですので、私が名乗るのは少々……。ですので、ニンフとだけお呼びください』

あの滝のニンフなのか。聖地と呼ばれるのは、きっと彼女がいるからなのだろう。

「分かりました、ニンフ様。それで、説明、とは一体……」

『あぁそうだわ。まずはあなたのその髪についてですね』

滝のニンフ様は上品に微笑む。所作、言動、全てにおいて上品で、神と同等という説明も頷ける。

「そうです、わたくしの髪！　これは一体……」

『クローディア様、その前に一つ。あなた、記憶が戻っているのではありませんか？』

記憶……？

「記憶とは……？　わたくし……」

その時、頭の中に何かが流れ込んできた。いや、常に覆われていた霧が晴れた感覚といったほうが近いだろうか。

これは……わたくしが小さい頃の記憶？

あぁお父様……。エマに公爵邸の皆……

そして、見たことのない、しかし懐かしい美しい女性。

これはっ……お母様？

鮮明になってゆく映像に、わたくしを抱いて温かく微笑む人がいた。よたよたと歩くわたくしを抱きしめてくれたり、一緒に本を読んだり。今まで忘れていたことが信じられないほど、失った記憶の中の母は――わたくしにとって大切な人だった。

自然と涙が溢れる。

「ニンフ様、これは……？」

『あなたの失われていた記憶です。あなたが愛を……感情を完全に取り戻したために、記憶も元に戻ったのでしょう』

混乱するわたくしの代わりに、殿下がニンフ様に問う。

「失われた……記憶？　『失った』ではなくてですか？」

そうか。「失った」ではなく「失われた」ということは、何者かによって故意に消されたということになる。

『ええ……。失われた、です。その前に、クローディア様、私があなたのことをハンナと呼ぶことをお許し願えますでしょうか』

「ちょっと待て。クローディアをハンナと呼ぶ？　一体どういうことだ？」

失っていた記憶の中に、それはあった。

小さい頃、自分が名乗っていた名前。

クローディア・ハンナ・フィオレローズ。

――わたくしの名は、ハンナです。

誰かに、小さい頃そう名乗っていたことを。

「ハンナ……？　ハンナって一体何？」

あまりのことに冷静さを失い、足元がふらつく。そんなわたくしを殿下が支えてくれる。

『それは、祝福の名。あなたは非常に多くの神々によって祝福を受けているのです。あなたは選ばれし者。普通、複数の神に同時に祝福を受けることなどありません。ですがあなたは特別なのです。あなたの持つその心に神々は大層惹かれたようで。それは私も例外ではありませんが』

待って。思考がついていかないわ。どういうこと？　祝福？　神々？

滝のニンフ様は、ゆっくりと目を瞑るとふうっと一息ついた。

『この世界には、多くの神が存在します。しかし残念ながら、全ての神が善神とは限りません。この世界の神々は大きく二つの派閥に分かれます。簡単に言えば、この世界を守ろうとしている神々と……壊そうとしている神々。神々の中には、世界を作り、破壊することを楽しむ邪神もいます。この世界の平和を望み、守ろうとしてきた神々とその邪神たちは、長い間対立していました』

ではここで一つ、昔話をしましょうか――

あるところに、心優しく美しい心を持った女の子が生まれました。その子の清らかな心に、神々さえも心奪われ、次々に祝福と、それに伴う祝福の名を与えました。神々に愛された証であるその独特の瞳と髪を持った女の子は両親に愛され、大切に育てられました。心優しく愛に溢れたその女の子の噂は国中に広まり、女の子は誰からも愛される存在になり、幸せな日々を過ごしていました。女の子はたくさんの愛を与えてくれる両親、中でもお母さんのことが大好きでした。

しかし、その暖かな日々は突然終わりを告げました。お母さんが亡くなってしまったのです。

突然大好きな母を失ったまだ幼い女の子は、その悲しみに耐えることなど到底できませんでした。

祝福によって得た力は暴走寸前、そして自我さえも失いかけました。

神々は慌てました。さまざまな神によって与えられた力が暴走すれば、世界を揺るがすほどの大惨事を起こしかねません。自らが愛した子が世界を滅ぼすなど、あってはならないことでした。

しかし事は一刻を争いました。緊急の処置として、神々は女の子の暴走しかけた力を抑えるために、暴走のきっかけとなっている女の子の感情を取り去りました。念のため、女の子の母が亡くなるまでの記憶も全て。祝福の名を忘れ、感情も、その祝福の象徴である綺麗な髪と瞳の色も全て、女の子は失ってしまいました。

しかし悲劇はそれだけでは終わりませんでした。

結果として、女の子の力の暴走は止まりました。しかし、突然感情を失い、髪の色も瞳の色も変わってしまった女の子に、周囲の人間が混乱しないはずがありません。

父親や周りの人間は、女の子が元に戻るように、失った記憶についてたくさん話して聞かせました。彼らは、女の子がまた以前のように笑えるようになってほしいと必死だったのです。

しかし知らないこと、ましてや自らについての知らない記憶を突然たくさん語られた女の子は驚き、混乱し、ついには壊れてしまいそうになりました。力の暴走を逃れたものの、自らが愛する女の子が壊れてしまうところなど、神々は黙って見ていることなどできませんでした。

神々は国中の人間の、女の子とその母親に関する最低限の情報以外の記憶も全て消し去ってしまいました。以前の女の子について知っている人は誰一人としていなくなりました。その結果、美しく完璧だが常に無表情な女の子のことを、いつしか人々は人形と呼ぶようになりました。

「これは……？」

「まさか……クローディアの……」

滝のニンフ様は俯いたままだ。

『今のその髪と瞳は、あなたの本来の色です。あなたはそこの彼のことを深く考え、愛するようになった。そのために消された感情も取り戻し、記憶も……。あなたが毒の刃で傷をつけられたにもかかわらずその影響を受けていないのも、先ほどそこの彼を癒したのも……感情と記憶を取り戻したことにより、あなたの本来の祝福の力が取り戻されたからです』

現実味のない話に、頭は置いていかれるばかりだ。

『そこの彼、あなたは王族ですね？』

「あぁ……それがどうかしましたか……？」

『あなたは幼い頃に、お母様が亡くなる前のハンナ様に会っていますね？　あなたにはその記憶がある。国中の記憶を消したはずなのに、その記憶が残っているのには、あなたの中の王族の血が関係しているのでしょう。この国の初代国王にある一人の神が祝福を与えました。あなたにはそれが特に色濃く伝わっているように見受けられます』

殿下は信じられない、というように自分の両手を見つめた。

「以前から、おかしいとは思っていたんだ。小さい頃のクローディアについて知っている人間は誰もいなかった。クローディア自身も思い出せないと……でも、そのことを考えると頭に靄がかかったようになって……」

「わたくしに幼い頃の記憶も感情もなかったのは、神々のせい、なのですか……？　わたくしが神々に祝福されているのなら、どうして今まで助けてくださらなかったのですか？　いえ、助けろと言っているわけではありません。ですが……どうしても気になるのです」

『本当に申し訳ありません、ハンナ様。あの時はあなたを助けるために、あれが最善の策だったのです。あれ以外方法はなかった。仕方がなかったのです。あなたの前世で助けることができなかったのも、最初にあなたを助けた時、私たちは人間界に干渉しすぎたせいなのです。神は人間界に過度に干渉することはできません。助けなかったのではなく、助けられなかったのです。逆行転生は神々のあなたに対するせめてもの償いのつもりで……。転生者には一度だけ、事情を説明するチャンスがあり、あの時はそれを使って……』

滝のニンフ様は声を震わせながらも、言葉を紡いだ。

信じられなかった。感情がないと言われていた自分に、力が暴走するほどの激しい感情があったなんて。目の前にいる滝のニンフ様も、ついさっき取り戻したばかりの記憶もそれらしいことを言っているが、長年の感覚からすると違和感がありすぎて、いまいちしっくりとこない。

「……勝手すぎないか？」

その時、やけに怒気を含んだ低い声が響いた。

「話を聞く限りだが、クローディアに非はあるのか？　ないだろう？　そちらが……神々が勝手にクローディアに祝福を与えたことが全ての始まりだ！　そのせいでクローディアは……！」

「殿下……ありがとうございます」

殿下が言っていることは正しい。わたくしの狂いに狂った人生の原因は——おそらくそれだ。神々が祝福を与えなければ、力が暴走することもなかっただろう。力が暴走しなければ、感情を奪われる必要もなかった。感情を失ったことでわたくしは周囲に嫌われ、蔑まれた。

「ですが、大丈夫です。その祝福のおかげで、わたくしはあなたを助けることができた。始まりがなんであれ、わたくしはあなたを助けられたことが何よりも嬉しいのです。確かに多少腹が立ちはしますが、あなたが……殿下が生きていてくれるのならばそれも些細なことです」

『っ……！　やはりあなたの心は、とても美しい。あなたはやはり、あの人間の娘なのですね……』

あの人間？

「あの人間……？　わたくしが娘……？」

『あなたの国で、あなたとあなたのお母様についての記憶を消しました。だから国民はほとんど知らないでしょう。ですが、聞いたことがあるはずです。救国の聖女と呼ばれる女性について……』

「救国の聖女？　……まさかっ！」

『ハンナ様。いえ、クローディア・ハンナ・フィオレローズ様のお母様は、救国の聖女と呼ばれる女性です』

そう聞いて記憶を探る。わたくしの母、名前は分からない。しかし、記憶の中の母は、今のわたくしや、指輪をしたアイシャ様と同じ、グラデーションの不思議な髪色をしていた。

「わたくしのお母様は……わたくしと同じ、神に祝福された人間だったのですか？　お母様が持っていた癒しの力も、お母様が祝福されていたからなのですか？」

『ハンナ様の母、オリヴィア様は、私、滝のニンフ、そして森のニンフが祝福を与えた人間です』

「オリヴィア？　わたくしのお母様は、オリヴィアという名なのですか？」

『いいえ。オリヴィアはあなたでいうハンナと同じ、祝福の名です。本名は私も知りません。最初に祝福を与えたのは森のニンフです。彼女なら本名を知っているでしょう。あなたのお母様は、ここミルフォード出身の人間でした』

「お母様が……ミルフォード出身？」

『はい。あなたのお母様は、平民ではなかなか見られないほどの魔力と、それを制御するのに十分な力を持っていました。それだけではなく、誰にも負けないほどの優しい心も』

戻った記憶の中のお母様の姿を必死にたどる。母親の愛を、わたくしは知らない。戻りたての記憶の中にも、幼かったからか鮮明なものはない。

『オリヴィア様がハンナ様くらいの年齢だった頃、オリヴィア様は今でいうヘーゼルの森を訪れました。気分屋な森のニンフに気に入られたオリヴィア様は、そこで祝福を受けます』

「あの森で聞こえた声は……では、森のニンフ様がわたくしに声を聞かせたのも、わたくしがオリヴィア……お母様の娘だと分かっていたから……？」

『それは分かりませんが、オリヴィア様に最初に祝福を与えたのは森のニンフです。私も彼女にオリヴィア様を紹介され、実際会ってみると……それはそれは美しい心と魔力の波長。あぁ、私が今まで待っていた人間は彼女だと本能で感じました。私はすぐに祝福を与えました。先ほども言いましたが、普通は同時に複数の祝福を受ける人間なんてそうそういません。しかしごく稀に、神々でさえ心奪われるような心の清らかな人間が現れると、気まぐれでなく本当の意味で祝福を与えます。その結果、類い稀なる癒しの力を持った救国の聖女が生まれました』

癒しの力……！

「癒しの力……祝福された人間は誰もが使えるものなのですか？」

アイシャ様があの指輪で癒しの力を使っていた理由が気になっていた。

『いいえ。ハンナ様も聞いたことがあるでしょうか、神々にはそれぞれを象徴するものがあります。愛の神だとか、花の神だとか、豊穣の神などが一般的でしょうか。どの神が祝福を与えたかによって、祝福を与えられた者が使える力は異なります』

「一つお伺いしてもよろしいでしょうか。わたくしの知り合いに、ある指輪をつけることで神々に祝福された印の髪を持つことができ、癒しの力を使う方がいらっしゃいます。何か心当たりはありませんか？」

『その指輪はありますか？』

「はい。こちらに……」

その時、わたくしのブレスレットに目を留めた滝のニンフ様が目を見開いた。

『これは……。なるほど、そういうことですか』

「何か分かったのですか？」

『あなたのそのブレスレット、それを売った店の主人は、何か不思議なことを言っていませんでしたか？』

　不思議なこと……

「何十年も経っているのに、全く劣化していない、と……」

『そのブレスレットから感じる魔力の波長……それはおそらく、オリヴィア様がこの街で働いていた頃に手掛けたものでしょう。彼女は昔、そういった装飾品のデザインを考えている、と言っていました。オリヴィア様は常に変わらぬ平和を求めていました。それは彼女の魔力にも出ていて、魔法を習ったことがないにもかかわらず、自身の魔力を物に与えることができたのです。大切な物が変わらないように、おまじないのようにこっそりと魔法をかけていらっしゃいました』

　今も変わらず日の光を浴びて輝くブレスレットは、お母様が作った物だった。初めて見た時から心惹かれる何かがあったが、それはお母様の魔力だったのだ。店主が「何かを待っているかのようにずっと売れずにそこにいる」と言っていたが、それはわたくしを待っていてくれたのではないかと勝手な想像が膨らむ。

　でも、そうであったならどれほど嬉しいか。

『その指輪はオリヴィア様がつけていたものでしょう。普段からずっとつけていた物には自然と魔力が宿ります。聖女として行使した癒しの力がその指輪に移っていたのですね。ハンナ様のお知り合いの方は、その力を使っていたと考えられます』

　なるほど、アイシャ様はそれを「ゲームの知識」で入手した。そういうことだったのだ。

『ハンナ様がこの街にいらっしゃってから、たまに様子を見ていた限り、ハンナ様のお知り合いというのはこの国の子爵令嬢、アイシャ・コーラルのことでしょう。お二人とも察していらっしゃるかもしれませんが、彼女を転生させたのは邪神たちです。元々オリヴィア様の誕生でパワーバランスが崩れかけていました。しかしたとえ神だとしても、直接世界の生命を刈り取ることはできません。そのため、ちょうどハンナ様の一度目の生で敵となったアイシャに目をつけ、死後の彼女の魂を一時的に別の世界に渡らせたのです』

「それでは、アイシャ様の言っていたゲームというのは……」

『邪神たちが考えた、この世界を滅ぼすためのシナリオです。彼女は邪神たちの思惑通り、邪神たちの考えをゲームのシナリオとして記憶し、邪神たちの力によってこの世界に再転生しました』

アイシャ様の転生は、邪神の思惑だったのね……

『彼女は指輪を過信し、危うく力を使い切る寸前でした。ある意味、ここでその指輪を回収できてよかったのです。指輪の力を己の力と勘違いして、思うがままに振る舞っていたのですね。なんと愚かなことでしょうか。その指輪はハンナ様、あなたが持つべきものです。アイシャが指輪を得たオリヴィア様のお墓は、王都近郊、精霊の森と呼ばれるところの奥深くにある花で満ちた場所にあります』

「ありがとうございます。この一件が落ち着いたら、お母様のお墓を訪ねてみます。それと、後一つお伺いしてもよろしいですか？」

『私に答えられることであれば』

「わたくしの父……現フィオレローズ公爵は、わたくしの母のことを愛していたのですか？　わたくしの記憶と滝のニンフ様の話だと、わたくしは両親に愛されていました。ですが、わたくしが知る父には、そのような素振りがありません」

『そう、ですね……。救国の聖女は、たとえ平民出身であろうとどの国も欲しがる存在。当時、隣国の王族や有力貴族など、こぞって婚姻を申し込んでいました。なのに何故、この国の公爵の元へ嫁いだのか。母国愛？　それもあるでしょう。しかし、誰でもない公爵本人が、利害関係なく自分自身の意思でオリヴィアにプロポーズしたのです。当時の公爵の熱烈なアプローチの末、二人は結婚しました。恋愛結婚です。お二人は、お互いに深く愛し合っていました』

お父様が今のようになってしまった理由。ずっと気になっていた。

屋敷には母の面影すらなく、忘れ形見であるはずのわたくしともほとんど交流することがなかった。だからきっと、父と母はいわゆる政略結婚で、自分はその間に生まれたただの道具だと思っていた。だが、もし。もし父が母のことを愛していたなら。何よりも大切なものを失った、失ったことすら忘れてしまった得体の知れない喪失感のせいで、あのような態度となっていたならば。父に、母のことを思い出してほしい。

「父に、母のことを思い出させることはできないのですか⁉」

かつての自分なら、きっと分からなかっただろう。誰かを愛すること、それがどれほど幸せで、大切なことか。予測せずしてそれを無理やり奪われたお父様は被害者なのだ。

『神々が一度消した記憶を元通りにするのは……。それに、同じような境遇の方もたくさんいらっしゃいます。ハンナ様のお父様だけ、と言うのも、神々が施すことことすれば少々……』

滝のニンフ様は困ったように俯く。

「どうしてもできませんか？　これは決して、わたくしが父に愛されたいからではありません。父が人生をかけて愛した母の記憶は、父にとって、何よりも大切なものだと思うのです。だから……」

『方法はあります。ハンナ様、あなたの祝福の力。数多の神々によって愛されたその力ならば、民の失われた記憶を取り戻すことも、不可能ではないでしょう。あなたの力は、数多くの国を救ってきたあなたのお母様、オリヴィア様をも軽く凌駕するほどの力です』

そう言うと、滝のニンフ様はわたくしの元へと降りてきた。

『これまで私たちの都合であなた、そしてこの国の民に多大な迷惑をかけてしまったこと、心からお詫びします。このようなことをあなたに頼むことも、普通なら許されないことでしょう。ですが……神々を代表して、お願い申し上げます。私たちの都合で歪めてしまったこの国を、民を、どうか元に戻していただけませんか？』

あまりにも都合がよすぎる。

普通ならそう言うだろう。しかし、わたくしの心は始終穏やかだった。

自分の力で、誰かを救える。

このことが嬉しかった。前世では誰も守れなかった。けれど、今のわたくしには大切な人を守る力があるのだ。

神々を少しも恨まない、とは言えない。でも、過去を変えることはできない。どんなに辛く苦しいことがあろうと、前を向くしかないのだ。後ろを振り返るだけでは、永遠に苦しいまま。でも、どんなに辛くとも前を向き続けるほんの少しの勇気があったなら、いつかその先に、今まで苦しかったことなんてどうでも良くなるくらい幸せな日々があると、今は確信できる。

「分かりました。わたくしは、お母様がそうしたように、わたくしにできる限り民に尽くします」

『……ありがとう、ございます……ハンナ様。あなたに、これから先、最大限の幸せがあらんことを』

そう言うと、滝のニンフ様は光と共に消えた。

「クローディアー？　クローディアー！　どこー！」

いつの間にか、わたくしが発していた光が収まっていた。遠くからリーラ様の声が聞こえる。目を覚まして、わたくしたちを探してくれているのだろうか。

「殿下、行きましょうか」

わたくしはどこかスッキリとした気持ちで、一歩を踏み出した。

「クローディアー!!」

リーラ様の声がだんだんと近くなってきた。

殿下の様子を見ると、もう完全に体調も怪我も良くなっているようだ。歩けることを確認してから声のするほうへ歩みを進める。

「クローディアー！　クロー……いたっ！　メアリ、ここにいたわ！」

歩き始めてすぐ、リーラ様たちと合流することができた。彼女たちもずいぶんと長い間探してくれていたようで、息を切らせている。

「リーラ様っ！　ご無事でしたか!?」

「もうっ！　それはこっちのセリフよっ！　気がついたら二人ともいないし、なんかよく分からない光に街中が覆われてて……またアイシャが何かやらかしたのか、それにクローディアたちが巻き込まれているんじゃないかって、本当に心配だったんだから！」

「すみません……。ですが本当に、リーラ様たちは大丈夫なのですか？　あの眠り薬は強力だと殿下がおっしゃっていたのに、すぐに動けるようになるものなのですか？　本当は無理をなさっていませんか？」

「やっぱり……。あの料理、何か変だと思っていたけど、眠り薬なんてものが入っていたのね。でも本当に大丈夫なのよ。あの光が街中を照らして、そしたらいつの間にか薬の効果がなくなっていたの。わたくしも目を覚ました時はふらふらで、少なくとも丸一日は行動を制限されることを覚悟したのだけれど、どうしてかしら……」

「それが、ですね……一つご報告がありまして……」

「……ごめんなさい、頭がついていかないわ。もう一度お願いしてもいい？」

「はい。ですから、わたくしの母は以前リーラ様がおっしゃっていた救国の聖女で、わたくしも神々に祝福を受けているので同じことができるようです。実際にお母様を祝福した滝のニンフ様にも確認しました。それで……」

「ごめんなさい、その時点でもう訳が分からないわ……」

リーラ様は頭を抱えてその場にうずくまっている。

「ニンフ、とは驚きですね……。本当に存在したのですね」

「エイダン様、ニンフ様について何かご存知ですか？　わたくしはよく知らなくて……」

「サードニクスでの認識のされ方は分かりませんが、セレスタイトではニンフは人間界と神々が住む世界の中間にいる、つまりは唯一直接会うことができるかもしれない神として、国民の中ではとても人気の高い、特別な存在です。自然に宿り、滅多に姿を現さないし、人間に祝福を与えるなど聞いたことがありません」

ああ、なるほど。それでリーラ様が頭を抱えているのか。

「リーラ様、大丈夫ですか？　とりあえず宿に戻ってからでも……」

「いや、だめだ」

殿下がわたくしを止める。

「殿下？　どうして……」

「クローディア、今君は自分の髪と瞳がどんな色をしているか分かっているのか？　突然髪も瞳も見たことがない色になった同級生を見たら、他の生徒がどのような反応をするか見当がつかない。クローディアが人々の記憶を元に戻すまで、色は前のままがいいだろう」

と、言われても。

実際、必死になって力を使っていたら、いつの間にかこの色になっていた。戻せと言われても、できるならもうとっくに戻している。方法があるならわたくしが聞きたいくらいだ。

「リーラ王女、とりあえず話の続きはクローディアの髪と瞳を元に戻してからでいいか？」

「ええ。そうして頂戴。そのクローディアの見た目についてはわたくしも突っ込みたかったの。とても綺麗だけれど、初めて見た人間は驚くでしょうから」

「問題は、どうやって髪色を戻すかですね……。クローディア様、何か心当たりなどはないのですか？」

「心当たり、ですか……」

これはおそらく祝福の力を使ったからだ。つまり、色を戻すには、今なお無意識下に発動している祝福の力を一時解除するしかないのだろう。

生まれながらの色が今の状態であったとしても、記憶を奪われてから……つまり、シルバーの髪で過ごした時間のほうがわたくしにとっては長い。自分にとってしっくりくる、つまり体に馴染んでいるのであれば、本来の色と馴染んだ色とを任意で切り替えることもできるのではないか。

「今発動している癒しの力を、なんとかして解けばいいのね」

皆に話してはみたものの、わたくしもまだ、自分の祝福の力が一体どういうものなのか把握していない。

「とりあえずクローディア、さっき力を使った時、どういう感じだったか覚えているか？　感情とか、体の感じとか」

「あの時は……よく分からないんです。皆様が薬で眠ってしまって、殿下も……大怪我を負って、なんとかしないと、って必死だったんです」

「今はこうやって皆無事だ。もう大丈夫だとちゃんと脳が認識すればなんとかなるんじゃないのか？」

　大丈夫、大丈夫……

　もう皆様無事、殿下の命も助かったし、わたくしの過去も分かった。もう大丈夫。

　そう、何度も言い聞かせてみたのだが。

「だめ、みたいですね……」

「そうね……」

　それはそうだ。事態は改善されたとはいえ、これまで命に関わる緊迫した状況の中にいたのだ。何度大丈夫だと言い聞かせても、やはり頭の奥深くでは緊張しているのだろう。

「ならそうだな。無理やりにでも意識を別のものに向ければいいんじゃないか？」

　別のもの？

　そのアイデア自体はとてもいいと思うが、この川と森しかない場所で他に意識を向けられるものなんて……

　――そう思っていたその時。

　……ん？

　肩に、何か重いものがのしかかってきた。それと同時に、わたくしの視線の先にいるリーラ様は目を丸くして、エイダン様は妙にニヤッとした視線を向けてくる。メアリ様に至っては手で目を覆い隠しながら顔を赤くしている。

　その肩に乗っている何かが、わたくしをぎゅっと抱きしめた。

これ……は……？

わたくしの首に回された腕から見える服の装飾は、先ほど見たもの。それに、頬にかかる柔らかな髪の感触、ふわりと漂うラベンダーの香り。

「クローディア、こっち向いて？」

この、耳元から聞こえる、体がぞくっとするような少し低い声は……

「ジ……ル？　一体……何をなさって……」

それが誰か。何をされているのか。やっと分かったわたくしの頬は、急速に熱く燃え上がった。

その時、皆からあっ、という声が上がる。

後ろからわたくしを抱きしめている殿下が、わたくしの髪を一房掬い、目の前に持ってくる。

「……戻ってるっ!!」

「戻っ……た……」

殿下の機転で意識を逸らすことができたため、力が解かれて髪色が戻ったのだろう。

「戻ったので……その……殿下、そろそろ……」

色が元に戻ったにもかかわらず、殿下はわたくしから離れようとしない。それどころか先ほどよりも強く抱きしめてくる。どうして……

「殿下？」

「ん？　どうしたのクローディア」

「えっと……恥ずかしいのですが……そろそろ離してくださいませんか？」

「もう少しだけ。ごめん、さっきまでクローディアは神と同等なニンフと対等に話して、しかも不思議な光を放って、見た目も変わって……私の知っているクローディアがどこかに行ってしまったような感覚だ。もう少し、クローディアがここにいるってちゃんと思わせてくれないか」

その言葉を聞いた時、キュッと胸が締めつけられた。

「すみません、殿下……」

「クローディアが謝ることは何もないよ。今回のことで、今までの謎は全て解けた。あとはアイシャをなんとかするだけだ。私が勝手に不安になっているだけだから」

後ろから抱きしめられた腕の中で、覚悟を決める。殿下の腕の中で身を反転させた。

そのまま正面で向かい合い、じっと視線を合わす。

大きく見開かれた殿下の瞳をまっすぐに見つめて、わたくしは言葉を発した。

「殿下。わたくしは、ここにいます。どこにも行きませんわ。それにおそらく、わたくしは、もうあなたから離れられません……。先ほどは心配をかけてしまってすみません。わたくしは、もうあなたと離れないと誓います。いつの間にか、それほどまでにあなたに心を奪われてしまいました」

自然にフッと笑みがこぼれる。そして、殿下の背中に腕を回した。そのまま腕に力をこめ、正面からぎゅっと抱きしめる。

「ク、クローディア!?」

「殿下、わたくしは、あなたのことが好きです。大好きです。理屈や理由などは一切ありません。ただ、あなたの側にずっといたい。本当にそう思えるくらい、あなたを愛しています」

――クローディア、意外とやるじゃない！

――おいおい、ジルベルト殿下のほうが固まってるじゃないか。なかなかに大胆ですね、サードニクスの公爵令嬢様は。

少し離れたところからリーラ様たちのざわめきが聞こえてきたが、それが分かっていてもなお、殿下を強く抱きしめた。うまく言葉にならない想いを、精一杯伝えたかった。

殿下はしばらく固まっていたが、フッと笑みを漏らすと、応えるように強く抱きしめ返してくれた。

わたくしは知った。感情というものは、言葉だけでは決して表せない。そして本当に心から感じたことは、言葉などなくても、こうして目を合わせ、抱き合うことで伝わることもあるのだと――

「クローディア、ありがとう」

「こちらこそです。殿下」

しばらくそのまま、ずっと、お互いの存在を確かめるように抱き合っていた。

――そろそろいいかしら？

――もう結構経ちますしね。もう出て行っていいと思いますよ？

――ですが、お二人の邪魔をしてしまうのでは……

――そんなの、いきなりあんなイチャイチャ見せつけられた上にこんなに待ってあげたんだからもう十分よ！

わたくしたちが落ち着いてきた頃、茂みからそんなひそひそ声が聞こえてきた。どうやら空気を読んで隠れていてくれたらしい。

「す、すみません！　皆様、もう大丈夫ですっ！」

わたくしは恥ずかしくなり、パッと手を離した。

「もう。ほんの少しの間わたくしが見てないうちに、あなたたち距離が縮まりすぎじゃないかしら。何があったかはさっきなんとなく聞いたけど、そろそろ戻らないといけないから、そのイチャイチャなんとかしてよねっ！」

リーラ様がやけになったように叫ぶ。その視線の先にエイダン様がいたような気がしなくもないが、それは一旦置いておこう。

「わたくしの髪と瞳の色も一旦は戻りましたし、確かにそろそろ戻らないといけませんね」

「先ほどの光に混乱されている方もいらっしゃるかもしれませんし……」

やっと一息つける状況になり空を見上げると、日は傾きかけていた。

「細かいことは後だ。とにかく今は、早く街に戻らなくては」

いろんなことがありすぎて忘れそうになっていたが、今は修学旅行中なのだ。

宿に着くと、アイシャ様の姿はなかった。教師に聞くと、怪我をしたとかで大事を取って先に王都に帰ったそうだ。

「こちらにはっきりと提示できる証拠がなくても、あちらは一人。対してこちらは複数。ジルベルト殿下が彼女の指輪を奪ったことで、アイシャはもうあの力を使えない。そんな不利な状況の中、どうして敵のど真ん中で悠々といられるかしら」

リーラ様の分析通りなのだろう。切り札である祝福の指輪はもうこちらの手の中。アイシャ様がここにいる理由はない。

修学旅行ももう終わりだ。わたくしたちも、すぐに王都に帰る。王太子に致死量の毒刃を向けるような相手だ。何をしてくるか分からない。

命の重さを紙切れ程度だと考えているようにしか見えない言動と行動。命の重みが分からない哀れな人。他人を陥れることでしか幸せになれない、可哀想な人。そうなるきっかけがどのようなものであったにしろ、許されるわけはない。

わたくしが、終わらせる。全てを。

第五章

数日後に迫った卒業式と卒業パーティー。

前世で婚約破棄されたのもこの時だった。因縁の場、というのだろうか。

「お嬢様、今日はドレスを選びましょう！」

エマの元気のいい声が部屋に響いた。

もう授業も終わり、当日まで学園に行くことがないわたくしたち卒業生は、この期間に卒業のための衣装を選ぶのが通例だ。

「ねぇエマ。一つ、聞いてもいいかしら？」

「はい、何なりと」

エマがわたくしの髪を櫛で梳かしながら返事をする。

——以前から、エマに対して気になることがあった。

『お嬢様はお優しいですから』

昔から、エマはわたくしによくそう言っていた。人形、可愛げがないと言われていたわたくしに対して明るく接するのは、エマくらいだった。

『昔はお嬢様は笑顔溢れるお方でした』

前世でエマが言い残したこの言葉。まるで、神々が消したはずの幼い頃のわたくしを知っているような――

「エマ、あなたは小さい頃のわたくし……お母様が亡くなるより前のわたくしを知っているの？」

「……どうして急にそのようなことを？」

笑顔だったエマの表情が、曇った。怪訝そうにわたくしを見る。

「お願い。エマはわたくしが……昔のわたくしの髪と瞳が今と違う色だったことを知っているの？」

エマは髪を梳かしていた手を止めた。そして緊張したように息を吐くと、言葉を選びながら答えた。

「はい、と言えば、お嬢様はどうなさいますか？」

「どうもしないわ。あなたが心配しているようなこともない」

「私は、お嬢様が小さい時からずっと、お嬢様のことは全て覚えています。お嬢様がおっしゃっている日のことも……」

覚えている……？

「そう……」

違和感は、全て解けた。今まで、前世のことも含めて、エマだけがわたくしを最後まで信じてくれた。ずっと、わたくしには心があると言ってくれた。その理由は、エマがわたくしの幼い頃の記憶を失っていなかったから。お世辞でもなんでもなく、ただ純粋に、わたくしのことを見てくれていたのだ。

「その時のこと、何か覚えている？　無理に話さなくてもいいのだけれど……」

「お嬢様、どうして急にそのようなことを？　お嬢様は、昔のことを思い出されたのですか？」

「思い出した、と言えばいいのかしらね……」

わたくしは、目を閉じて意識を集中させた。

パァ……と光を放ち、わたくしの髪と瞳の色が変わる。

「……っ⁉」

「ねぇ、あなたが知っていること、教えてくれないかしら」

「お嬢様は、あの時のお嬢様なのですか？」

エマは明らかに狼狽えている。

「ええ」

「私から話せることは特にありません。あの頃、私もまだ幼かったので。ですが、あの時はちょうど休暇をいただいていて、私たち家族は国外に旅行に行っていたのです。それが帰ってくると、全てが変わっていて……」

なるほど。神々が消したのは、「国中の人間の記憶」だった。その時国外にいたエマは、その対象外となったのだろう。

なら――エマは今まで、どんな思いで過ごしてきたのだろうか。変わり果てていた公爵邸。わたくしたちの歳は少ししか変わらない。まだ小さかったエマは、急激な環境の変化とそれよりも大きい周りの大人たちの変化に酷く戸惑っただろう。それでもわたくしを信じてあのように言い続け、笑いかけてくれていた。一人で何年も耐えることは、並大抵の苦労ではなかっただろう。

そう考えると、自然と目元が熱くなった。

「お、お嬢様!? どうなさって……」

「ありがとう……。あなたがいなかったら、わたくしは……。今までずっと支えてくれて、ありがとう。これからも、ずっと一緒に……。大好きよ」

わたくしは思わず椅子から立ち上り、エマを抱きしめた。今の正直な想いを全て言葉に込めて。

「お嬢様……泣かないでください。せっかくの綺麗なお顔が……」

「……ありがとう」

エマが静かにわたくしの涙を拭ってくれる。

「私はいつだってお嬢様の味方です。ほら、早く用意しないとドレスを選べませんよ」

そのまま優しい声音でわたくしの頭を撫でる。わたくしが顔を上げると、にっこりと微笑み、目にも止まらぬ速さで髪を美しくまとめ上げた。

「それにしても不思議ですね……。髪や瞳の色が変わるなんて」

「ごめんなさい、すぐに戻すわ」

わたくしは旅行から戻った後に力の使い方を練習し、多少の制御が可能になった。今では色を自由に変えられるし、ある程度は自分がどのような力を持っているかも分かった。

「懐かしくて好きです、その髪の色。私が知っているお嬢様の色ですから」

「まだわたくしには少し違和感があるのだけれど、やっぱり昔はこの色だったのね」

「はい。ですから旅行から帰ってきた時は本当に焦りました。突然シルバーになっているんですもの。性格も正反対になっていましたし。私も幼かったので、実はお嬢様に何かあって、見た目のよく似た子を探してきたのではないか、なんて考えたり。ですが、お嬢様クラスの可愛さを持つ子なんてそうそういないので、その考えはすぐになくなりましたよ」

そう言うとエマはわたくしの身支度を終えた。話している間にも、軽い化粧まで終わらせてしまうほど手際がいい。

「あらっ、予定の時間を過ぎています！　早く行きましょう。応接室にデザイナーの方がいらしているはずですので」

前世では、殿下の婚約者として相応しいものを義務感だけで薦められるがままに選んだ。可もなく不可もない、品質のいいドレス。ファッションなど煩わしいだけだった。でも今では少し楽しみでもある。それに、アイシャ様との最終決戦のドレスになるのだから。

「えっと……これは？」

応接室へと足を踏み入れたわたくしは、予想と違う光景に戸惑った。

ドレス選びの際には、いつもならそこらじゅうにカラフルなドレスが溢れているが、この部屋には一着だけ、とても美しいドレスがあった。

「こちらのドレスはジルベルト殿下がクローディア様に贈られたものです。卒業パーティーでは是非こちらのドレスを着てほしいとのことで」

淡い紫から濃い紫へ。下へ行くほど濃くなっていく見事なグラデーションに、ところどころに小さな宝石をあしらった、動くたびにキラキラと光るこのドレスは、わたくしが前世も含め今まで一度たりとも見たことのないデザインだった。

「素晴らしいわ……」

生地もとても上質で、貴重なものだと一目見て分かった。

「クローディア様。ここだけの話をいたしますが、そちらのドレスをデザインされたのはジルベルト殿下でございます。ちなみに、クローディア様のそのお美しさから『聖女』をイメージされたようです」

殿下の想いが詰まったドレスに、胸がいっぱいになる。

このドレスを着て、わたくしは立つのだ。運命の日、二度目のあの舞台に。

キラキラと朝日が降り注ぐ。天気も良い。今日はこの季節にしては暖かく、この日を迎えるには絶好の日だ。

「お嬢様、準備はよろしいでしょうか。そろそろお時間です。馬車の準備もできております。本日のスケジュールは、午前は卒業式、その後はそのまま卒業パーティーです。終わりましたらお声掛けください。お迎えにあがります」

「ありがとう。今日は多分いろいろあって遅くなるかもしれないわ」

「卒業後初めての行事ですものね。少しくらいハメを外してもよろしいと思いますよ」

「そうね」

実際のところは違うのだが、エマを必要以上に心配させたくはない。

今日、前世も含めた因縁の戦いが始まる。するべきことはたくさんある。今日一日で全てやり切ることはできないかもしれないほどに。

「ではお嬢様、行ってらっしゃいませ」

エマに見送られ、わたくしは全てを終わらせるための一歩を踏み出した。


「クローディア」

「ごきげんよう、ジルベルト王太子殿下」

「クローディア、そんな堅苦しい呼び名はよしてくれ。いつも通りでいいだろう？」

「公式の場ですから、そういうわけにも……」

「何よ、いいじゃない。どうせクローディアは殿下と結婚することが決まってるんだから、ちょっと順番が前後するくらいのことでしょう？」

殿下をはじめ、またいつものメンバーで自然と集まる。

「ドレス、着てくれたんだな。すごく似合っている」

殿下はそう言うとわたくしの手を取り、手袋越しにそっと唇を落とす。

――!?

「あの話、本当だったのね。『ジルベルト殿下がクローディアのことを考えすぎて政務も手につかなくなった結果、アランに言われてクローディアのドレスを作った』っていう」

「……リーラ王女、その話の出どころを聞かせてもらおうか」

「あらあらー？　わたくしには特殊な目と耳がたくさんあってよ。セレスタイトの王女の力、甘く見ないでくれるかしらぁ？」

……アイシャ様とのこれからの戦いよりもこの二人のほうが怖い。

と、リーラ様が突然「ちょっとごめんなさい」と言い、その場を離れた。

「リーラ様？」

殿下はさほど気にしていないようだ。それよりも、今リーラ様がお話されているのは……あの髪色。おそらくサフィニア様だ。彼女とはしばらく会っていなかった。アイシャ様の派閥にいる彼女が、どうしてリーラ様と交流を……？

——皆様、そろそろ会場へお集まりください。

その時、パーティー会場の準備が整ったことを知らせるアナウンスが聞こえた。思わず気が引き締まる。きっとアイシャ様はここで出てくる。前世の因縁である卒業パーティー、それはすなわち、邪神たちのシナリオのクライマックスだ。

おそらくアイシャ様はこちらを全力で潰しにかかってくる。それを迎え撃つのだ。この日のために、準備は完璧にしてきた。どちらが先にボロを出すか。

運命の戦いが、始まる——

案内係の指示に従って、卒業生が入場を開始する。

先ほど卒業式が終わったため、もう学園のルールである「平等」はなくなった。入場は慣例により低位の貴族から始まる。男性が女性をエスコートして入場し、まずはダンスだ。

わたくしは婚約者である殿下にエスコートしてもらう予定だ。王太子と筆頭公爵令嬢の二人は最後に入場することになっている。

「クローディア、緊張してる？」

「そんなことは……いえ、すみません。やっぱり少し緊張して……」

あれだけ戦おうと決意したのに、前世での出来事がどうしてもフラッシュバックしてしまい、無意識のうちに体が少し震えてしまう。そんなわたくしの恐怖を読み取ったのか、殿下が手を強く握ってくれた。

「大丈夫だ。恐れるものなんて何もない。ただ堂々としていればいい」

そうね。わたくしは一人じゃない。

会場に一歩足を踏み入れると、祝福でワッと場内が沸く。

穏やかな曲が流れ始め、さあ踊ろうか、というその時だった。

――バンッ……！

煌びやかな会場に不似合いな、荒々しく扉を開ける音が響き渡った。

――来た。

会場に緊張が走る。ざわつく人々をよそに、声の主は堂々と会場へ足を踏み入れた。

「ごきげんよう、ジルベルト殿下」

周りの視線など気にする様子もなく、さも自分が主役のように微笑みながら入場してきた人物。

「……アイシャ様、よくも堂々とこの会場に足を踏み入れられましたわね。ご自分が何をなさったか理解されていますか？」

「本日はこのような場に呼んでくださり、ありがとうございます」

「……人の話は聞くものですよ」

「それで、大事な話ってなんですか？」

わたくしがどれだけ声をかけようが、アイシャ様は一切反応することなく、よく分からないことを言い続ける。

あまりにも奇妙なその光景に、会場にいる人々は困惑の声を上げている。

「大事な話？　お前は一体何を言っている。卒業式にも来なかった人間が、パーティーにだけ参加して一体何をするつもりかは知らないが、お前のしてきたことは決して許されることではない」

殿下が冷たく言い放つ。

「……」

アイシャ様が黙り込んだ。浮かべていた笑みを消し、しばらく下を向いた後、はぁ……とため息をついた。

そして顔を上げると、その顔には涙を浮かべていた。

「皆様、聞いてくださいっ！　私、そこにいるクローディア様に、学園に転入してからずっといじめられていました……！　私は公爵令嬢だから、あなた程度の子爵令嬢がジルベルト殿下の側に寄るなんて汚らわしいなどと、酷いことをずっと言われてきたんですっ！」

そういうや否や、声を上げて泣き出す。

よくもまあ、あんなふうにわざとらしく泣けるものだ。そんなことができる根性があるなら、他のことに使ってほしかったわ。

わたくしは、他国とも同等以上に渡り合えるような妃になる教育を受けてきたため、この程度の演技は簡単に見抜くことができる。それは殿下も同じ。おそらく高水準の教育を受けてきた高位貴族は見抜けているだろう。

でも。

そこまでの教育を受けていない上、高位貴族からの重圧に日々耐えながら過ごしてきた低位貴族たちからすれば、話は違ってくる。

――公爵令嬢が子爵令嬢をいじめていたって？

――公爵家だもの。平民出身の貴族がいることが許せなかったんじゃないかしら？

――クローディア嬢は人形のような方だとお聞きしましたわ。非道な行いをしていないとは言い切れませんわ！

アイシャ様は見事に低位貴族を味方につけた。高位貴族への妬みを持つ低位貴族は多い。他人を蹴落とし、自分がその代わりに上に立とうとする者もいる。筆頭公爵家のスキャンダルを面白がる者もいるだろう。

「私は、クローディア様と仲良くしたくて……お美しいクローディア様に憧れて、勇気を出して声をかけたのです。ですがクローディア様は、『あなたのような底辺の貴族がわたくしと対等に話せるとお思いで？』と……」

「アイシャ様、でたらめを言わないでください。これ以上この場を混乱させるのは謹んでください。ここは卒業を祝う場ですよ」

わたくしはきっぱりと否定したが、低位貴族からの野次が止まらない。しかし、事実がはっきりしない状況で低位貴族たちが勝手に騒ぐことを良く思わない者はもちろんいる。

——黙りなさい！　これだから低位貴族は……

——仕方ないですから、わたくしの鏡をお貸しいたしましょうか？　そちらの安物の鏡よりもずっと良く見えますわよ！

——証拠がないにもかかわらず批判するなんて、育ちが悪いんじゃないか？

低位貴族の何倍もプライドの高い高位貴族が、彼らの発言に耐えられるわけがない。

ああ、最悪だ。最悪な代理戦争が始まってしまった。もはや両者ともわたくしたちの話を聞いていない。

「ジルベルト殿下は、私のことを愛しているとおっしゃいました。ですが身分が壁となり、仕方なくクローディア様と結婚しないといけないと……。私は、身分は仕方ないと思います。ですが、このような方とジルベルト殿下が無理やり結婚させられるのは、私……耐えられなくて……」

アイシャ様が顔を覆いながら震えた声を出す。殿下の評判を堕とすようなことを平気で言うアイシャ様に、わたくしはついカッとなってしまった。

「わたくしの悪口を言うのは勝手にしてください。ですが、殿下の名誉を傷つけるような発言は見過ごせませんわ。殿下があなたのことを愛している？　そもそも殿下はあなたとほとんど話したことがないではありませんか。思い込みの激しさに感服いたしますわ」

その時、今まで沈黙を貫いていた殿下が口を開いた。

「……茶番はそこまでにしろ。黙って聞いていれば、何様のつもりだ？　この会場全てを巻き込んでいるからには、それなりの覚悟があるんだろうな？　それに、他の者もこの状況を冷静に見ることはできないのか？　この二人の性格を知っていれば、このようなことにはならないはずだ」

「殿下！」

「ジルベルト様！　そうです、クローディア様はとても意地の悪い方なのです。いくら身分が高くても、クローディア様と結婚すればこの国は大変なことになってしまいます！」

アイシャ様は殿下が自分の味方をしたと思い込んだようで、目を輝かせている。

「私は知っています！　ジルベルト殿下。殿下の初恋の方を……。今まで黙っていましたが、私が殿下の初恋の、小さい頃に王宮の庭園で出会ったピンク色の髪の少女です」

キラキラした瞳で自慢げに初恋の相手は自分だと主張するアイシャ様を、殿下は鼻で笑う。

「誰に何を言われたのかは知らないが、お前の言う『初恋』の人はもう見つかっているんだ」

殿下の腕がわたくしの腰に回った。そのままグッと引き寄せられる。

「ひっ⁉」

思わずおかしな声をあげてしまった。一瞬で顔に熱が集まるのを感じる。

「私は幸せ者だよ。初恋の人と結婚できるなんてね」

「はぁ!? クローディア!? ジルベルトの初恋がクローディアなんて……そんなことあるわけないわ！ そもそもクローディアの髪はシルバーじゃない！ 何が起きたらピンクになるのよ！」

「――こんなこと、かしら？」

わたくしの体が柔らかな光に包まれ、毛先が桃色に変化した。会場が一気にしんと静まり、皆の視線が一斉にわたくしに注がれる。

「うそ、どうして……？」

「私の初恋についての情報を集めたまではよかったが、間違っていたのか、お前が都合良く解釈したのか……。私は『ピンク色の髪の少女』なんて一言も言ったことはないのだがな……。そもそもの話、小さい頃に王宮で会った、と言ったな。おかしいな、お前は最近平民から貴族に上がったはずだが、どうやって平民の少女が厳重な警備を潜り抜けて王宮へ入れたんだ？」

アイシャ様の顔色がなくなった。前世ならともかく、この状況でその破綻した理屈が通ると思って乗り込んできたその神経はなかなかだ。

「わ、私、用を思い出して……」

アイシャ様が目にも止まらぬ速さで踵を返そうとしたが、そんなことを殿下が許すはずもなく。

「おいおい、散々やらかしてくれた割にはすぐに逃げるんだな。拍子抜けしたぞ。崖から私たちを落とした時のような、あの余裕の笑みはどうした」

――お二人を崖から落とした!? なんてことを！

――今までのことも全て嘘なんて……

――王家と公爵家を敵に回したからにはそれなりの覚悟があるんだろうな？

会場が口々にアイシャ様を批判し始めた。風向きに敏感で簡単に掌を返す貴族は驚くほど多く、先ほどまで互角だった勢力は、一瞬にしてわたくしたちのほうにひっくり返った。

「アイシャ様、あなたには数え切れないほどの罪があります」

「罪!?　そんなの知らないわ！　私はただ、この世界を正しくしようとしただけよ！　そもそもどうしてクローディアがっ……！　皆、知らないようだから教えてあげる！　今日は本当はジルベルトがクローディアとの婚約を破棄して、私と婚約する日なの！　本当よ！」

アイシャ様はまだ邪神たちの――「ゲーム」のシナリオに固執しているが、最早ただの頭のおかしい人と化してしまっている。それでもまだ彼女は無様にも足掻く。

「衛兵」

殿下の一声で、アイシャ様が騎士に取り囲まれた。もう逃げ場はない。予め指示されていたのか、騎士はアイシャ様の周りを取り囲むだけで、まだ捕縛していない。殿下はまだアイシャ様に聞きたいことがあるのだろう。

「お前が犯した罪、自分で思い当たることがあるなら、今のうちに言っておいたほうがいい」

「何もないわ！　あるわけないじゃない！　私はジルベルトと結婚するために生まれたの！　ヒロインだもの！　私があなたと結婚しなかったら、この世界が存在する意味なんてないのよ！」

アイシャ様は両手を振り、抵抗……というよりは謎の発言を繰り返す。

「今日のこのドレスだって、ジルベルトの好みになるようにわざわざ作ったのよ！　ヒロインの子爵家は豊かじゃないけど、私がジルベルトと結婚するって言ったら、子爵はすぐにお金を出してくれたわっ！」

あれが……殿下好みのドレス？

フリフリのドレスはアイシャ様の髪にも負けないほどのド派手なピンクで、ドレス本体もあまりいい出来ではない。元の素材はよさそうだが、大方アイシャ様がデザイナーに無理を言ってあのデザインに作り替えたのだろう。とてもではないが、いい趣味とは言えない。

「ゲーム」の知識を基に作ったのだろうが、今なら分かる。アイシャ様のシナリオは、わたくしの力が目覚めることなく、記憶も戻らないまま感情のない人形令嬢として学園生活を送った世界線を想定しているのだろう。この派手なドレスに似たデザインを、わたくしは前世で見ていた。

「そんな品性の欠片もないドレスが私好み？　笑わせてくれるな。話を続けるとしよう。お前は先ほど、罪は何も犯していない、と言ったな。……アラン」

「はい」

殿下の声で、アラン様が何か紙を手渡す。

「これが何か分かるか？　お前の犯した罪をまとめたものだ。今から一つ一つ、確認していこうじゃないか。大丈夫だ、時間はまだまだある。緊張なんてしなくてもいいぞ？　お前はやっていないのだろう？　やっていなければ素直にそう言ってくれて構わない」

「クローディアを階段から突き落とそうとしたこと、身に覚えはあるか」

「ないわ」

「修学旅行先の街の人々を巻き込んで、眠り薬を盛ったことは」

「――知らない」

「そうか、ならばこの指輪は？」

「――!?」

質問を繰り返しても全て否定していたアイシャ様が、反応を見せた。

「返して！　それは私のものよ！　それさえあればっ……！」

騎士たちの手を振り解こうともがきながら、アイシャ様が必死に手を伸ばす。

「これがお前のものだと？　これはお前が盗んだものだろう!?」

「ぬ、盗んでなんかないわ！　落ちていたから拾ったのよ！　落ちてたんだから、誰のものでもないわ！　拾った私のものよ！」

「……いいえ。この指輪は、わたくしの母のものです」

「……は？」

アイシャ様が間抜けな顔をして固まった。指輪の持ち主がわたくしのお母様だなんて想像もできなかったのだろう。しかしアイシャ様はしばらく固まった後、ハッと挑発的な笑みを浮かべた。

「母？　あんたに母親なんているの？　ねぇ皆、クローディアの母親について何か知っている人はいる？」

皆がざわざわとし、困ったように首を横に振る。それもそうだ。お母様――救国の聖女についての記憶は全て消されているのだから。この場にいる人間は、わたくしと殿下以外は誰もそのことを知らない。

「ほら！　あんたこそ嘘をつくんじゃないわよ！　ああ、そんな見え見えの嘘に一瞬騙されかけたわ。そうよ、ゲームの公式でも本編でも、転生してからだって、あんたの母親についてなんて一度も聞いたことがないわ！　どうせどこかの娼婦なんじゃないの？　それで父親にも邪険にされて、婚約者にも愛されず、私に嫉妬するのがあんたの仕事よ。いい？　最後の忠告。あんたは誰にも愛されることがない悪役なのよ。今はバグか何かでちょっと愛されているかもしれないけど、それもすぐに失うわ。永遠に一人。死ぬ時も一人。それがこの世界でのクローディア・フィオレローズなんだから！」

アイシャ様が後ろ手に拘束されながら、勝ち誇ったような顔を見せた。

隣を見れば、殿下の拳がわなわなと震えている。彼は怒っていた。それも相当。

わたくしは殿下の強く握りしめた拳の上に、そっと自分の手を置く。

――ああ、久しぶりだ。

このお腹の奥が燃え上がるような熱い何かが、とめどなく溢れてくる感覚。少しでも気を緩めれば爆発しそうな、焼けるような怒り。

もういいでしょう。これ以上、わたくしの家族を馬鹿にするな。わたくしの家族は、あなたがどうこう言えるような人たちじゃない。記憶の中の母は、いつでも優しかった。大好きだった。父だって、わたくしの力が暴走さえしなければ、あんなふうにはならなかった。父は好きであんな冷たい人になったのではない。本当は家族が大好きな、心から家族を愛する人なのだ。

お母様、見ていますか。

わたくしは自身に満ちる力を最大限まで高める。

お父様、待っていてください。今、全てを終わらせます。

限界まで高めた力を、一気に解き放つ――

やることは一つだ。国中の人の失われた記憶を、元に戻す。


わたくしの体から解き放たれた光は、国中を優しく包んだ。この国全ての人々へ、キラキラと光が降り注いだ。

――この光は？

――綺麗……

数分の間降り注いだ光が、次第に消えていく。

それとともに、会場にいた人々の空気が変わった。

――クローディア様？

――嘘、クローディア様よ！　ああ、どうして忘れていたのかしらっ！

この空気の変化に、流石のアイシャ様も気づいたようだ。

「えっ……ちょっと何よ！　どういうこと!?　何が起きて……」

そんなアイシャ様を置いて、殿下が一歩前に出た。

「混乱している者もいるだろう。だが、これは大切な話だ。皆、真剣に聞いてくれ。これから話すことは全て事実だ」

それから殿下が、皆の記憶が消えた経緯について詳しく説明していった。

「……は？　クローディアの母親が、聖女？　その娘であるあんたはそれよりもすごい力を持っていて……」

アイシャ様が、話を聞きながらガクガクと震え出した。

「嘘よ……あんたには親なんていないんじゃないの？　父親だってあんたに興味がなくて……」

その時、会場のドアが激しく開かれた。

皆の視線が扉を開けた人物に集中する。

「クロー……ディア……」

息を激しく切らしながら、わたくしのもとに駆け寄ってきた人――

「フィオレローズ公爵！」

「お父様……」

お父様はハッと目を見開くとその瞳に涙を浮かべ、わたくしを抱きしめた。

「あぁクローディアっ……！　すまない……すまない……」

お父様はわたくしを抱きしめながら、ただずっと「すまない」と繰り返していた。離れていた心の距離を埋めるようなお父様の想いが伝わってくる。わたくしも何も言えず、静かにお父様を抱きしめた。

「すまないクローディア……長い、本当に長い間一人にさせてしまった……」

「お父様のせいではありません。自分を責めないでください」

「命すら惜しくないほど愛する娘を忘れてしまうなんて……本当に、私はなんてひどいことを……」

「わたくしこそ……お父様から記憶を奪ったのはわたくしのせいも同然です。わたくしがあの時ちゃんと制御できていれば、こんなことにはならなかった……！」

「そんなことはないっ！　誰もクローディアのせいだなんて思っていない。私は、それほどまでに家族を愛してくれるクローディアをとても誇りに思っている」

「お父様っ……！」

本当は少し不安だった。

記憶の中の父は、本当に家族を愛している、優しい顔をしていた。でも――わたくしの中にはそれと同時に、前世での記憶も存在する。必要以上の会話を交わすことなく屋敷にもほとんど帰ってこない父の姿。別世界の二つの記憶がわたくしの中で渦巻き、不安にさせていた。

記憶を戻しても、愛されることはないのではないか。自分から愛する人の記憶を奪う原因となった娘を恨んでいるのではないか。時の流れとは時に優しく、時に厳しい。良いほうに向くかもしれないし、悪いほうに向いてしまうかもしれない。

「お父様、お父様……！」

この温もりだ。父の、優しい抱擁。映像でしかなかった記憶で、父が抱きしめてくれていた感覚を鮮明に思い出す。

「クローディア、私を許してくれ……」

「もちろんですっ……！」

「公爵が……どうしてこんなところにいるの……」

アイシャ様が力のない声で呟く。

「……クローディア、これは誰だ」

お父様がアイシャ様に射抜くような視線を向ける。

「ひっ……」

アイシャ様の体がより一層強張った。

「ああ、お前がアイシャか。私の愛する娘を傷つけるなんて、命知らずなものよ。お前の父のコーラル子爵もなかなかのうつけだが、その娘もこのザマか。目もあてられんな」

そこで突然、リーラ様が堂々と前に進み出た。

「フィオレローズ公爵、初めまして。わたくしセレスタイトの王女、リーラと申します。クローディアの件についてお話があります」

「これはこれは……。こちらこそお初にお目にかかります。使節団のお出迎えにお伺いできず申し訳ありませんでした」

「そんなことは気にしなくてもよろしくてよ。それより公爵、わたくし、クローディアと親しくさせていただいているの。そこの女が今までたくさんクローディアに害をなしているのを一番近くで見てきましたわ。それで……」

その先の二人の会話は聞き取ることができなかった。リーラ様がお父様に何かを耳打ちしている。わたくしは読唇術で彼らのやりとりを見る。

『あなたの娘の命まで奪おうとした愚かな女の、絶望に満ちた顔を見たくはありませんか』

……リーラ様の顔がゲスくなっている。お父様も嬉々として頷かないでほしい……

後ろを見ると、殿下も耳打ちの内容が分かったのか、苦笑している。

「素敵な提案に感謝いたします、リーラ王女」

「同意していただけてこちらとしても嬉しいですわ」

闇の相談は終わったのか、リーラ様がアイシャ様のほうをまっすぐに見る。

「アイシャ、今までしてきたこと、あなたは全て否定したわね」

「……ええ。だって私はやっていないもの。それにもし万が一、本当に私がクローディアに何かしていたとして、その証拠はあるのかしら？」

「ふっ……あはっ、あはははっ!! そう言ってくれて嬉しいわ。ええ、あなたならこの状況でもそう言ってくれると信じてたもの。それでこそ今まで準備してきた甲斐があるわっ！」

「リーラ様？」

「あー、笑ったわ。ごめんなさい、安心してクローディア。……あなたに害をなす者は、わたくしが全部片付けるから」

そう言うと、リーラ様はメアリ様を呼んだ。

「リーラ様、準備はできています」

「ありがとう。メアリ、彼女を連れてきてくれる？」

「はい」

メアリ様はリーラ様の指示の意図が分かっているらしく、ある人物とともに皆の前に進み出た。

「っ⁉」

その人物の顔を見た瞬間、アイシャ様の顔が凍りついた。

「なんで……あんたが……」

わたくしも驚きを隠せない。隣の殿下は普通にしているところを見ると、わたくし以外はその人物のことを知っていたようだ。

常にアイシャ様と共にいて、何かを耳打ちしている姿を何度も見てきた彼女。

「お久しぶりです、クローディア様。こうしてお話するのは魔法の実習授業以来でしょうか」

「サフィニア様……！」

艶やかなストロベリーブロンドの髪が揺れる。オレンジの瞳を一際輝かせたサフィニア様がそこにはいた。

「こ、これは一体……」

「突然のことで混乱されていると思います。ですがご心配なさらなくても大丈夫です」

サフィニア様の口調は非常に落ち着いている。

「クローディア様は何もご存じないと思いますが、そちらは後ほど詳しくご説明させていただきます。まずはアイシャ様から、ですね」

サフィニア様は初めて会った時と何一つ変わらない、冷静で有無を言わせない空気を放っている。

そんなサフィニア様の様子を見て、アイシャ様が慌てだした。

「ちょっとサフィニアっ！　これはどういうこと⁉　早く説明してよっ！　まさか私を見捨てたわけ？　あんなに良くしてあげたじゃない！」

サフィニア様はまくしたてるアイシャ様を無言で見つめたあと、静かに息を吐いた。

「クローディア様への陰口及び、いじめ行為の計画を延々と聞かされたことが『良くしてあげたこと』、ですか。リーラ様にこの話を持ちかけられた時から覚悟はしておりましたが、あなたからは知性を欠片も感じられませんね。あなたは一つ、大きな勘違いをなさっているようですので、ここで教えて差し上げましょう」

リーラ様がサフィニア様のもとへと歩み寄る。

「今まで大変だったわね、本当にありがとう」

「いいえ。リーラ様、クローディア様のお役に立てるのならば、私はなんでもいたします」

「ど、どういうことよっ！」

アイシャ様が叫ぶ。サフィニア様はそれを冷たく一瞥すると、こちらに歩み寄ってくる。

「クローディア、前に『クローディアを守る会』の話をしたのを覚えているかしら」

リーラ様が突然話を振ってきた。

「はい、一応軽く聞いてはいましたが、詳しいことは……」

「設立したのは勿論わたくしよ。で、幹部がいるってことは話したかしら。彼女は『クローディアを守る会』の最上位に位置する幹部なの。任命はわたくしがしたわ」

「幹部……？」

「彼女はその条件を満たしていたの。それに彼女の能力は想像以上よ」

「お褒めいただき大変嬉しく思います」

ずっと無表情だったサフィニア様の顔が、ふわっと和らいだ。

「私、クローディア様にずっと憧れていたのです」

……憧れ？

「皆様もご存知の通り、私の家は新興貴族。しかもここ数十年の間に男爵位から伯爵位まで昇格した我が家をよく思われない方はたくさんいらっしゃいました。高位貴族の方から嫌がらせをされることも多々ありましたし、陛下から賜った地位を誇ることもできず……。正直、私は高位貴族の方に良い印象を抱いてはいませんでした」

サフィニア様の先祖は、元は商家だった。それをよく思わず、自分たちより遥かに速いスピードで出世していったルチル家を妬みの的にする者も少なくなかった。

「それなのにクローディア様は、低位貴族の我々とも平等にお話してくださいました。私は初めて貴族と呼ぶに相応しい方を見ました。その完璧すぎる振る舞い、聡明さ、全てに心を奪われました。それから私は密かにクローディア様に憧れを持ち、学園生活を送っていました。そんな時、リーラ様にお声がけいただいたのです」

サフィニア様は止まることなく話し続ける。普段の無口な彼女からは想像できない姿だ。

「彼女はクローディアの素晴らしさをちゃんと分かっていたわ。人を見る目もあるし、何より賢い。クローディアを守る会には必要な人材だったの」

「もうご想像がつくと思いますが、私がアイシャ様の派閥と親しくしていたのは、アイシャ様の危険な行動を監視し、できる限り証拠を集め、そしてリーラ様にアイシャ様の計画を事前に報告し、クローディア様に迫る危機を回避するためです。力及ばず、クローディア様に害が及んでしまったことも多々ありました、本当に申し訳ありません……」

サフィニア様がそう言いながらわたくしに頭を下げた。

「さ、サフィニア様っ!? 頭を上げてください！」

「いいえっ！ 私はクローディア様を守ると豪語しておきながら、結局はリーラ様にアイシャ様、いえ、アイシャの行動を報告することしかできませんでした……。アイシャの計画の実行を遅らせたりはできましたが、止めることもできず、結果、命の危機にまで……」

「サフィニア様、私は今までサフィニア様がこれほどわたくしのために動いてくれていたことを知りませんでした。謝りたいのはわたくしのほうです。今まで本当にありがとうございました」

「クローディア様……」

「それに、今ここにいらっしゃるのには訳があるのでしょう?」

サフィニア様がハッとする。

「そうでした。私がこの一年間集めてきた、アイシャのクローディア様への嫌がらせ行為の証拠、ここで全て公開いたします！」

はっきりとした声で、サフィニア様がアイシャ様の行った数々の嫌がらせに関する証拠を会場全体に見えるように提示し、朗々とした声で読み上げた。

「私は、このような場所であなたのように嘘をついて一族を危機に晒す愚かな行動はいたしません。神に誓って、この証拠は事実であるとここに証言いたします！」

「さ、サフィニア……？　ねぇ、嘘よね？　あなたクローディアのことが嫌いだって言ってたじゃない……」

アイシャ様が震えながらサフィニア様に問う。

「そのようなことは一言も申しておりません。どうしてあたかも騙された被害者のような顔をなさっているのですか？」

「流行りのドレスも見に行ったじゃない……。何枚買ってあげたと思っているの⁉　うんともすんとも言わないあんたに、私がどれほど手をかけてあげたか分かってるでしょう⁉」

「買ってあげた……？　手をかけてあげた？　ああ、あなたが愚かだということは知っていたわ。でもこれほどだとは思わなかった」

「なんて恩知らずなの！　やっぱり商家から生まれた新興貴族はしょせんそんなものなのねっ！」

「私の家のことはなんて言ってくれても構わないわ。ただのあなたの戯言だもの。でもね……」

サフィニア様が深く息を吸った。

「アイシャ・コーラル‼　お前が私に〝買ってあげた〟ドレスのお金はどこから出てきているか分

かっているのか？　コーラル領の民が必死に納めた税金だ！　それをあたかも自分のお金のように……。税はな、お前のような者が自由に使えるような都合の良いものではない！　集められた税金を使って、領民の暮らしをより良くする。それが貴族だろう！」

サフィニア様が鋭い声を発した。ゾクっとするような、威圧感のある堂々とした声。

「お前の家がずっと子爵のままの理由を教えてやる！　民の思いを踏みにじり、私腹を肥やすための道具としてしか民を見ていないからだ！　お前は平民出身なのだろう？　なのにどれほどその生活が大変なのか知らないのか？　それともそこまで阿呆なのか？　クローディア様のためのスパイとしてお前のところにいるだけで、毎日吐き気がした。このような者が貴族として生きていていいのか。役目を果たすため、どうにか持ち堪えていたが……。その粗暴な振る舞い。自分勝手な考え。お前のような者が治める領地に生きる民が、私には不憫でならない」

気高い貴族としての矜持を語るサフィニア様は、まるで騎士のような凛々しさを纏い、オレンジ色の瞳をこれ以上ないほど輝かせていた。

「あなたは貴族として以前に、人として大切な物が欠けている。あなたが今こうなっているのも自分のせいだと早く認めて、現実を見て。あなたが協力者だと思っていたサフィニア・ルチルはいないの。もうあなたを助けてくれる人はいない。私はあなたがどんなに罪を犯していても、人としての心を忘れたくない。これ以上自分で自分の首を絞めるようなことをしないでほしい……」

約一年もの間、アイシャ様と共にいたからだろうか。サフィニア様は、少し苦しそうに表情を歪めると、アイシャ様のもとへ歩み寄り諭す。アイシャ様ももう抵抗できないと感じたのか、それともサフィニア様の言葉だったからか。やっと観念したらしく、ついに首を垂れた。

◇◆◇

冷たい鉄格子と短調な石畳が延々と続く細く狭い通路に、ヒールの音だけが力強く響く。ひんやりと冷えたカビ臭い重い空気。ここは地下だからか風通しが悪く、どんよりと澱んでいて呼吸するのも苦しくなる。

殿下と国王陛下に許可を取り、わたくしは一人でアイシャ様と最後の決着をつけに来た。

しばらく進むと、灯りさえほとんどない最奥にたどり着いた。

……懐かしいわ。

あまりの暗さに、目を凝らさないとそこにいる人物を認識できない。前世からは想像できないほどボロボロになった彼女は、わたくしに気づくや否や射殺さんばかりの視線を送った。

「クローディアっ……！」

「ごきげんよう」

よろよろと立ち上がり、鉄格子の近くまで歩いてきた彼女をわたくしの持つ灯が照らす。

「満足かしら？　わざわざこんなところに来てまで薄汚い私を見たい？　次期王太子妃様は大層いいご趣味をお持ちのようね！」

「あなたに一つ、聞きたいことがあるの。あなたはわたくしのことが気に食わないようだから、それに答えてくれればお望み通りすぐに消えます」

反省の意思など微塵も持たない様子のアイシャ様に、わたくしの頭はかえって研ぎ澄まされる。

「あなた、この世界は何度目かしら。わたくしの記憶が正しければ、二度目よね？」

「それが何よ。あんたも知ってるでしょ」

「この世界に似たゲームをプレイしていたのは二度目の人生。……その前に一度、この世界で生きていた」

「だから……？　そうよ、あの時も今回ほどじゃなかったけど失敗したわ。だからなんなのよっ!!」

「わたくし、ずっと気になっていたの。失敗ってどんな失敗なんだろうって。そうそう、以前からあなたは一つ大きな勘違いをしているようだから教えて差し上げるわ。わたくしはあなたの言うように転生しています。ただし、あなたの言う「ゲーム」が存在していた世界からではなく、時を遡ったという意味での、ね」

アイシャ様の顔色が暗がりでも分かるほど青白くなった。

「まさかっ……嘘よ……嘘よ!!　そんなことありえるはずがないわっ！」

アイシャ様がふらふらと壁に寄り掛かりながら叫ぶ。

「あなたとわたくしが考えていることはおそらく同じでしょう。ただし二人で詳しく話をしないとそれが正しいかどうか分からない。そして残念なことに、それを確認できるほどわたくしはここに長くはいられない。でも仮に、これが正しかったとすれば……」

「あんたは……あのクローディアなのっ？　私が最初の人生で殺した……」

「だから、分からないと言ったでしょう？　それにあなたの話によると、ゲームのシナリオだとわたくしはどのみち殺されるようですもの、あなたが殺したというクローディアがわたくしの前世だという証拠はありませんわ。しかし証拠はありませんが、わたくしの魂が強く、あなたはあの時のアイシャ様だと訴えている」

そこまで言った途端、アイシャ様が鉄格子を突進するような勢いで掴んだ。しかし言いたいことがまとまらないのか、魚のように口をパクパクとさせるも何も言葉を発しない。

「もしそうだとすれば、あなたはわたくしから未来を奪い、都合の良いように罪を着せ、あまつさえわたくしの大切な人の命を奪った恨んでも恨みきれない、殺しても殺しきれないほど憎い相手です。ただ証拠も確信もないことですので、何もできない」

「なら私を同じ方法で殺せばいいじゃない。私はあんたを殺した。歯向かってきたうざいメイドたちもねっ！」

「あら、まるでわたくしに殺してほしいような口ぶりですわね」

「っ……！」

アイシャ様がギリっと鉄格子を握りしめる。わたくしははぁ……と息をついた。

「あなたは嘘をつくのも下手だし、隠し事も下手ね。あえてわたくしを煽るようなことを言う理由なんてすぐに分かるわ。でもね、わたくしはあなたを絶対に殺さない。これはわたくしにしか分からないかもしれないけど、一度殺されると、それはもうとてつもない怒りと恨み、他にもいろいろな感情が湧き上がるわ」

「ならっ……！」

「だからこそ殺さない。負の連鎖を誰かが断ち切らない限り永遠に続くわ。それに、あなたにはやるべきことがあるでしょう」

アイシャ様は分からない、というようにわたくしの顔をじっと見てくる。だから、わたくしはアイシャ様の顔を、ブレることなくまっすぐに見つめた。

「生きなさい。そして、あなたが殺そうとしたわたくしたちが作る国を……未来を見なさい。それがあなたに与えられたやるべきことよ。わたくしはこれをあなたの償いなんて言いたくないし、思いたくない。この程度で、前世も含めてあなたにつけられた傷は癒えない。でもあなたにはさぞ屈辱でしょうね。本来なら私がそこに立つべきだった……と思うのでしょう。あなたが自分を殺せと言い募る理由は、失敗した人生なんてさっさと捨てて、また転生して、今度こそ思い通りにしようと考えているのでしょう。……甘いわ」

アイシャ様が一歩ずつ後退る。

「反省もしないまま死ぬなんて許されると思っているの？　罪人が心から罪を悔い、反省し、懺悔するためにあるのが刑罰。さっさと楽にさせるためにあるものなんかじゃない。あなたは一生をかけて、自分が犯した罪を理解する。そして悔いて悔いて、自分を見つめ直した時、全ての真実が見えるのでしょう」

今の性格を根本から変えないと、また同じことを繰り返す。

全ての人に幸せに人生を全うしてほしい、それがわたくしの願いだ。そのために、今世のアイシャ様には頑張ってもらわなければならない。それが後に彼女の幸せに繋がるだろうから。

そこまで言った時、遠くで重い扉が開く音がした。看守が時間を告げに来たのだろう。

「さようなら、アイシャ様。もう今世で会うことはないでしょう。……もしまたいつか会えたら、その時は仲良くしたいわ。わたくしもあなたも、お互いのことを覚えてないかもしれないけれど、あなたの今世の行いによっては実現できるかもしれないわね」

来た時と同じ道を通り、牢の出口を目指す。途中で『アイシャ様と二人きりにしてほしい』という無理なお願いを聞いてくれた看守に礼を言い、重い扉を開けてもらった。

途端、先ほどの重く苦しい空気とは比べ物にならない新鮮な空気に包まれ、思わず深呼吸をした。

エピローグ

アイシャ様との最後の戦いと呼べるものが終わった。もうわたくしを縛る前世の記憶はない。

今まで少なからず抱えていた不安が全てなくなったことを実感すると、これまで見えていなかった世界が見えてきた。

わたくしの周りには、わたくしを想ってくれる優しい人がたくさんいる。心配してくれる人、声をかけてくれる人、助けてくれる人。幸せとは、今のような気持ちのことを言うのだろう。

「殿下、改めてこれからもよろしくお願いいたします」

温かな気持ちを全てのせて、隣にいる殿下に笑みを向ける。

あれ、なんだか少し不機嫌……？

「殿下？」

「もう卒業したんだから……」

殿下が何かボソッと呟く。最後のほうが聞き取れず、わたくしは聞き返した。

殿下は無言でわたくしの腕を引いた。そのままパーティー会場の奥へ進み、人の少ないテラスについた。

「殿下？　どうなさったのですか？」

「クローディア、私たちはその、恋人、なのだよな？」

到着するや否や、殿下から発せられた直球すぎる言葉に、わたくしの顔に熱が集まる。

「えっ！　あ……はい……。そう、ですね……」

顔が熱いからか、殿下の言葉に胸が大きく音を立て、つい視線を逸らしてしまう。しかしそれを見逃さない殿下は、わたくしの頬をそっと撫でた。

「よかった。違うって言われたらどうしようかと思ったよ。ねぇ……」

「はい……」

「その……もう学園は卒業しただろう」

「……？　はい」

「もう周りを気にしなくてもよくなったのだから……そろそろちゃんと、ジルと呼んでくれないか……？」

以前、殿下はわたくしにジルと呼ぶように言った。でも、学園ではまだ人目もあったし、何よりアイシャ様を逆上させてしまうようなことはできなかった。気にしていないように見えたけど、ずっとジルと呼んでほしかったのね。

この国では、愛称で呼ぶことは深い関係であることを意味する。

わたくしは自分の頬に添えられた手に、そっと自分の手を重ねた。

「大好きです、ジル」

どこか不服そうな顔を続けていたジルが少し可愛く見えて、でもそれがとても愛しくて、心のうちを包み隠さず告げた。短い言葉だったかもしれないが、それが今のわたくしの全てだ。

ジルは、分かりやすく固まった。

会場から少し離れたテラスは静かで、人の声はどこか遠くに聞こえる。時が止まったような感覚だ。

「クロー……」

「今まで、わたくしは自分の人生に不安がたくさんありました。それを消してくれたのは紛れもなくあなたです。わたくしのほうこそ、もうジルのいない人生なんて考えられません。それほど大切なのです。あの時……ミルフォードでわたくしを庇って怪我をされた時、初めて自分を呪いました。わたくしのせいでジルが危険に晒されて、あぁ、わたくしは何をしているのだろう……と。自分の存在価値を疑いました。やはり生きていてはいけないのでは、なんて……」

あの時、自分を激しく責めた。アイシャ様の言葉はわたくしたちを惑わせるためのものだと分かっていても、自分は周りの人に不幸しか与えない疫病神だと感じた。

「そんなことを思っても、わたくしはあなたと……ジルといたかった。ここまで来ると、もうただのわがままです。我ながらなんて馬鹿なことをしているんだろうって」

わたくしは冗談めかして言う。ジルは何か言葉を返すでもなく、ただ静かに聞いていた。

「でも……」

もう拳一つの隙間もないほど二人の距離は縮まっていた。そっとジルの背中に腕を回す。

「わたくしは完璧ではありません。あなたを不幸にするかもしれなくても、自分のエゴで手放せないような人間です。これからもたくさん迷惑をかけてしまうかもしれません。祝福の力も、絶対に暴走しないとも限りません。……そんなわたくしでも、ジルは愛してくれますか？」

それまで黙っていたジルが、フッと笑った。

「当たり前だ。言っておくが、私はクローディアより何倍も執着深いと思うし、何より私のほうこそ君のいない人生なんて考えられない。何せ初恋の相手を今までずっと忘れられなかったんだからな。ずいぶん探すのに苦労した。クローディアは覚えているか？」

「なんとなく、ですが……。幼い頃のわたくしは綺麗なものが大好きで、王宮の庭園で育てられていた見事な薔薇に目を奪われて、気づいたら両親と離れてしまっていて……。寂しくて泣きそうになっていました。その時にジルに出会ったのだと思います。わたくしは母から祝福の名で呼ばれることも何度かありました。なにぶん幼かったので『クローディア』とちゃんと言えなかったのかもしれません。それで短くて言いやすいほうの『ハンナ』と言ったのかも」

戻った記憶の中にあった。

わたくしが完璧だと言われたのは、神に記憶を消された後。ジルの婚約者として相応しくなれるよう必死に努力をした結果だった。元はただの一人の無邪気な少女だったのだ。

「案外可愛らしい理由だったんだな」

ジルがわたくしの背中に左手を回した。ぎゅっと力強く抱きしめながら、右手で頭を優しく撫でてくれる。

「大丈夫だよ、クローディア。君も私も、お互いが思うほど強くないかもしれない。でもきっとそれは、補い合えるものだと思う。できなければ助けてもらえばいい。自分一人で全てやろうなんて考えなくてもいいんだよ。王妃教育でなんと言われても、歴代の国王夫妻がどうだったとしても、私たちは私たちだ。私たちらしく生きて行こう」

ジルの言葉は、いつだってわたくしの一番欲しい言葉。

「クローディア、気づけば君に惹かれていた。凛とした君も、笑顔の君も、どんな君でも、私は君のことを心から愛しているよ。何があっても私は全力で君を守る。だから心配いらない。安心して私のところにおいで。一生かけて、君を愛し抜くと誓うよ」

ジルが手をわたくしの頬に添え、そっと上に向ける。

気づけば、わたくしの頬には涙が伝っていた。

「泣いているクローディアも可愛いけど、やっぱり私としては笑っていてほしいかな。クローディアの笑顔は皆を幸せにするんだ。知っていたか？」

どうして自分が泣いているのか分からない。もういろいろな感覚が渦巻きすぎてぐちゃぐちゃだ。でもこの感覚に無理に名前を付けなくてもいいと思った。

「まあでも、泣きたい時は好きなだけ泣いていい。君は頑張りすぎるから、たまには思い切り泣いたり笑ったり、怒ったりしていいんだよ。ただし、泣くのは私の前だけにしてほしいかな」

「もう……ジルはわたくしに泣き止んでほしいのか泣き止んでほしくないのかどっちですかっ。そんなこと言われたら、涙が止まってくれません……！」

「ただの本心だよ。クローディアのその顔は、誰にも見せたくない。私は案外独占欲が強いのかもしれないな」

いたずらっぽいジルの言葉に、思わずふふっと笑いがこみ上げてくる。

ジルの顔が急に近くなった。吐息がかかるような距離になっても、止まることがない。

世界がスローモーションのように感じた。

空を飛んでいる鳥も、風に揺らされる草花も、遠くで踊る人々も、全てが止まっているかのようだ。

「……ジル？　……んっ……！」

そのまま優しく、そっと唇が重なった。突然のことで、完全に思考がフリーズする。まだ少し肌寒い季節なのに、触れ合う唇だけはとても熱い。

そっとジルの唇が離れた。

「……ごめん。もう我慢できそうにないかも」

「……え？」

ジルが真剣な顔をしている。

「クローディアは可愛すぎる。もう卒業しているし、婚約だってずっと昔に済んでる。あとは正式に結婚するだけだ。それももうすぐなんだけど……まずいな。少しでも気を緩めたら止まれなくなりそうだ」

わたくしの心臓はもう爆発でもするのではないか、というほどドキドキしている。

「でも今はここまで、かな。結婚するまでに、クローディアにも少し慣れてもらわないと」

不敵な笑みを浮かべたジルに、わたくしの顔に集まった熱はしばらく冷めないでいた。

この作品に対する皆様のご意見・ご感想をお待ちしております。

おハガキ・お手紙は以下の宛先にお送りください。

【宛先】

〒150-6008 東京都渋谷区恵比寿4-20-3 恵比寿ガーデンプレイスタワー 8F
（株）アルファポリス　書籍感想係

メールフォームでのご意見・ご感想は右のＱＲコードから、
あるいは以下のワードで検索をかけてください。

アルファポリス　書籍の感想　検索

ご感想はこちらから

本書は、「アルファポリス」（https://www.alphapolis.co.jp/）に掲載されていたものを、
改稿、加筆のうえ、書籍化したものです。

完璧すぎて婚約破棄された人形令嬢は逆行転生の後溺愛される

花森明日香（はなもり あすか）

2023年 7月 5日初版発行

編集－大木 瞳・森 順子
編集長－倉持真理
発行者－梶本雄介
発行所－株式会社アルファポリス
〒150-6008 東京都渋谷区恵比寿4-20-3 恵比寿ガーデンプレイスタワー8F
TEL 03-6277-1601（営業） 03-6277-1602（編集）
URL https://www.alphapolis.co.jp/
発売元－株式会社星雲社（共同出版社・流通責任出版社）
〒112-0005 東京都文京区水道1-3-30
TEL 03-3868-3275
装丁・本文イラスト－にゃまそ
装丁デザイン－AFTERGLOW
（レーベルフォーマットデザイン—ansyyqdesign）
印刷－図書印刷株式会社

価格はカバーに表示されてあります。

落丁乱丁の場合はアルファポリスまでご連絡ください。

送料は小社負担でお取り替えします。


ISBN978-4-434-32204-4 C0093